花咲く神さまの花嫁

久生夕貴

富士見L文庫

目次

Contents

序章　ままならぬ人生に、ささやかで堅実な生活を……5
第一章　朱鷺色《ときいろ》の空と冷艶の神さま……12
第二章　見えているもの、いないもの……68
第三章　一日花《いちじつか》……139
第四章　陽のあたる場所へ……233
あとがき……282

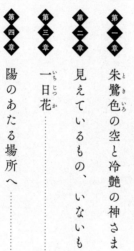

序章　ままならぬ人生に、ささやかで堅実な生活を

「白馬の王子様なんて、まっぴらごめんです」

萩生千景《はぎおちかげ》がそう言い放った瞬間、目の前にいる女性の顔が凍り付いた。

大学へ向かう道の途中で声をかけてきた、見知らぬ人だ。

「で、でもあなたさっき、お金も時間もないって言ってたじゃない」

「貴女《あなた》がそう聞いたから、そうだと答えたまでです」

そうでしょ、と女性は大げさに頷《うなず》いた。

「あなたそういう顔しているもの。でも大丈夫よ、あなたはこれ以上理不尽な目に遭う必要なんてないの。さっきも言ったけど、私たちの〝引き寄せセミナー〟ならあなたの幸せを再構築できるわ」

女性は千景の手を握ると、ものすごい目力で見つめてくる。

「幸せは自分で引き寄せなくちゃダメ。愛もお金も時間も与えてくれる『王子様』を引き寄せて、一緒に幸せになりましょうよ！」

「いえ、結構です。王子様に幸せにしてもらおうとか、思ってませんので」

そっけなく言いやると、女性は急に気色ばみ始めた。なぜ自分の言うことを千景が理解しないのか、納得できないでいるようだ。

「まさかあなた、幸せになりたくないの？」

「そんなことはないですが」

「じゃあ素直になりなさいな。意地を張ったって幸せは来ないのよ。あなただってお金持ちのイケメンが現れて結婚してくれって言われたら、嬉《うれ》しいでしょ？」

「いえ。むしろ迷惑です」

「なっ……」

女性は信じられないといった様子で、絶句していた。それはもう、見事なまでに。

「これ以上話しても平行線だと思いますので、失礼しますね」

「なんなのよ……あなた。さっきからにこりともしないで。そんなんだから、幸せが逃げて行くのよ！」

わめき出した女性を置き去りにして、千景はその場を後にする。背後でまだ何か言っているようだったが、聞かないことにした。

微《かす》かな苛立《いらだ》ちを振り切るように早足で歩いていると、ショーウィンドウに映る自分の姿が目に入る。

細身で色白。それなりに整ってはいるものの、華に欠ける顔立ち。（美容院に行く回数が減らせるという理由で）トレードマークになっている、漆黒のロングヘア。

この外見が薄幸そうに見えるのか、千景はああいった勧誘をちょくちょく受ける。普段はもう少し相手を刺激しない塩梅《あんばい》で断るのだが、今日は女性の言葉が彼女の中にある「拒否スイッチ」を押してしまった。

『白馬の王子様』というワードが、千景は昔から苦手だ。

もはや忌避しているといってもいい。

この過剰ともいえる拒否感が自分の生い立ちから来ていることは、自覚している。きっと、自分も世間でいう「薄幸な」部類に入るのだろう。今思い返してみても、なかなか酷《ひど》い半生だったことは否定できない。

千景の父はギャンブルと借金を繰り返し、彼女が高校を卒業する寸前に、階段から落ちてあっけなく死んだ。

娘から見ても否定のしようがないほど駄目な父親だったし、何度借金取りに怖い目に遭わされたかわからない。

母はそんな父に愛想を尽かし、千景が小学生になった頃に家を出ていった。

呼んでも呼んでも、一度も振り返らなかった背中が、記憶にある母の最後の姿。

気を紛らわせるようにバッグからスマートフォンを取り出すと、メッセージアプリの新着通知が並んでいた。

通知のあったグループトークを開いたとたん、『同窓会のお知らせ』と書かれたひと言が目に飛び込んでくる。詳細は読まず、すぐ下に表示された出欠確認画面を開き、不参加をタップした。

〝あの子、どうせ誘っても来ないよ〟

〝こういうの、嫌なんじゃない？〟

そんなクラスメイトの声が、脳裏をよぎり沈んでいく。高校時代はとにかくお金がなくて、遊びの誘いはすべて断ってきた。大学生になった今もお金がないのは相変わらずだけど、それ以上に時間がない。

もう断ることにも、周囲の冷ややかな反応にも、すっかり慣れてしまった。

小さくため息をつき、夜間大学の構内を歩きながらすっかり暗くなった空を見上げると、上弦の月がさえざえとした光を放っていた。

千景はスマホをバッグにしまい、代わりにいつも持ち歩いている葡萄色《ぶどういろ》のお守りから、中に入っているものを取りだす。

薄い硝子の欠片《かけら》に見えるそれを、何の気なしに月へかざしてみる。

半透明の欠片は月の光をまとったように、白銀に輝いていた。かざす向きを変えると、一瞬、青色が顔を出す。

まるでコーンフラワーブルーのように、深く、凜《りん》とした蒼《あお》。

ずっと見ていたくて覗《のぞ》き込んでいると、いつの間にかささくれた気持ちがなだらかになっている。

ふと、掲げた左手首の裏にある痣《あざ》が目に留まった。

三センチくらいの楕円《だえん》の形をしたそれは、千景が幼い頃にできたらしい。生まれた頃は無かったのにと、母が不思議がっていたことがある。いつできたのか尋ねた千景に、彼女は何と答えたのだったか。

少し考え、微かにかぶりを振る。

月日が経《た》つほどに記憶は薄れ、母との思い出はもう、断片的なものばかりになっていた。記憶の中の母がどんな顔をして笑っていたのかさえ今はもうおぼろげで、失《な》くした思い出が戻ってくるはずもなく。

胸の奥から湧き上がる感情を見たくなくて、千景は欠片に視線を戻した。どうしようもなく心がささくれだったときは、いつもこうやって落ち着かせてきた。子どもの頃からの、おまじないのようなものだ。

「……やっぱりこれだけは、残しておこうかな」

母の思い出にまつわるものはすべて手放すと、決めたけれど。


前方から誰かの笑い合う声が聞こえ、千景は我に返る。

「いけない。授業が始まる」

ぼんやりしている間に、ずいぶん時間が経ってしまっていた。欠片をお守りの中へ戻し、教室へ、と急ぐ。

愛媛大学法文学部、夜間主コース。

昼間は働きながら夜間に学ぶ人のための履修課程だ。

一日働いた後に受ける授業は、正直言うと結構きつい。それでも生活費と学費の両方を稼ぎながら大学に通うには、この方法しかなかった。

千景は王子様が迎えに来ることなど、夢見ていない。

甘くない現実を生きるために彼女が望むのは、ただただささやかで堅実な人生であり、そのための努力は欠かしてこなかったつもりだ。

高校時代は授業とバイトをこなしながら、必死に勉強した。大学へストレートで合格してからは休まず授業を受け、優秀な成績を収めている。

今の目標は無事大学を卒業し、地元で公務員になること。

ひとりで生きていくと決めた千景にとって、低コストで安定した人生こそが、なにより切実で大事だからだ。

夏にある試験に向けての勉強は順調で、あともう少しで念願だった〝ささやかで堅実な〟生活が手に入る。

それはまるで勲章を手にしたような、小さな誇りとなって彼女の歩む道を祝福してくれるはずだ。

そう、信じていただけに。

数日後、突然見知らぬ世界へ連れていかれ、『貴女は私の花嫁です』などと言われたときは、何かの間違いとしか思えなかった。

第一章　朱鷺色《ときいろ》の空と冷艶の神さま

1

きらきらと輝く海面を眺め、千景《ちかげ》は思わず目を細めた。

頬を撫《な》でる初夏の風は磯《いそ》の香りを含み、遠くに見える島々は、新緑の鮮やかな碧《みどり》をまとっていた。先ほど渡ってきた多々羅《たたら》大橋は青空にくっきりと映え、透明度の高い波打ち際をのぞくと小魚が躍る。この時期の瀬戸内海は、ほんとうに綺麗《きれい》だ。

愛媛の最北にある、大三島《おおみしま》。

瀬戸内海の中央に位置し、通称『神の島』と呼ばれるこの島に、千景は足を踏み入れていた。

目的は、この島にある『大山祇神社《おおやまづみじんじゃ》』に行くこと。といっても公務員試験の合格祈願に行くわけではなく、〝あるもの〟を返すために、重い腰を上げてやってきた。

既に時刻はお昼近くになっていたので、千景は道の駅で食事を済ませてから、少し付近を散策していた。もう二度と訪れることはないだろう島の景色を、見ておこうと思ったからだ。

下から見上げるしまなみ海道や、透明度の高い波打ち際、遠くに点在する島々を見て、気づいたことがある。

「……全然、覚えてない」

子どもの頃に来たはずなのに、彼女の中には島の記憶がほとんどなかった。母と一緒だったことだけは覚えていても、どこへ行って何をしたのか、ちっとも思い出せないでいる。

それでも、千景はこの島を『母との思い出の地』だと自覚してきた。

人間の認識などどいい加減だと感じる一方で、あちこちに散らばった記憶の欠片たちは、間違っていないと騒ぐ。そういった自分の奥底に眠るナニカを確かめたくて、この島に引き寄せられてしまったのかもしれない。

でもそれは同時に、千景を置いて出ていった母の面影を追うような苦々しさがあり、これまでなかなか足を向けられなかったのだ。

ふと馴染《なじ》みのある芳香に辺りを見渡すと、なだらかな斜面に沿ってたくさんの蜜柑《みかん》の木が、立ち並んでいた。そのどれもが純白の花をつけていて、甘く爽やかな香りをただよわせている。

千景はゆっくりと、深呼吸した。甘やかな香気で胸を満たすと、自然と気持ちが穏やかになる。

蜜柑の花は『ネロリ』と呼ぶ、アロマの原料になるそうだ。〝天然の精神安定剤〟と呼ばれ、ストレスや不安を緩和してくれる効能があると聞いた時、千景は思わずうなずいてしまった。

昔からなんとなく抱いてきた感覚は、間違いではなかったのだと。

ひとしきり香りを楽しみ、千景は初めて見るかのようにひとつひとつの景色を眺めながら、バス停へ向かった。

途中、道端で通行人に踏まれたのだろう、すっかり萎《しお》れたユウゲショウ（夕化粧）の花を見かける。淡い桃色が可愛《かわい》くて、食べられないけれど千景の好きな野草だ。

そっと傍《そば》に腰を下ろし、倒れてしまった花や茎を軽く撫でた。すると心なしか、花に生気が戻ったように見える。

立ち上がろうとしたとき、自転車に乗った親子連れとすれ違った。みんなはつらつとした笑顔で、ここまでのサイクリングを楽しんできたのがわかる。

遠くなっていく声を聞きながら、千景は思う。

私がこの島に来たときは、どんな顔をしていたのだろうか。

初めて見る景色や、いつもと違う空気に、はしゃいでいたのだろうか。それとも——

大山祇神社行きのバスに乗り込み、数分もすれば鷲ヶ頭山《わしがとうさん》が見えてきた。

ここへ来る前に調べたところ（千景は事前調査を欠かさないタイプだ）、この山は大山祇神社の御神体であり、古くから霊峰として親しまれていたらしい。

鷲ヶ頭山の麓にあたる神社前でバスを降りると、辺りは観光客で賑《にぎ》わっていた。

神社入り口へ向かおうとして、ふいに呼び止められる。振り向くと小柄なおじいさんが、にこにことこちらを見つめていた。

「あの、なにか……？」

「これ嬢ちゃんのじゃろ？」

差し出されたものを見て、「えっ」と声が出る。大山祇神社と書かれた古ぼけたお守りは、確かに千景のものだった。

「私のです、ありがとうございます」

慌てて受け取りながら、一体どこで落としたのか疑問符でいっぱいになる。この島に来てから、一度もお守りを取り出していないのに。

「大事なもんじゃろうと思ってな。嬢ちゃんも刀を見に来たんか？」

「あ、いえ。私は神社に用があって」

「ほうか。若い子じゃけん、てっきり刀剣ふぁんかと思うたわ」

大山祇神社は、全国にある三島神社や山祇神社の総本社であり、山の神・海の神・戦いの神として歴代の朝廷や武将から崇《あが》められていたそうだ。

特に武の神としてあまたの武具が奉納されており、近年は刀剣ブームも相まって、若者にも密《ひそ》かな人気を得ているのだとか。

「嬢ちゃん、みかんは好きか？」

唐突な質問に面食らいつつ頷《うなず》くと、おじいさんは麻袋から何かを取り出した。

「これ、持っていき」

ぽん、と手渡されたのはみかんだった。普通のみかんよりも一回り大きく、皮の色はレモンのように淡く黄色い。

「河内晩柑《かわちばんかん》言うてな、今が旬じゃけん美味《おい》しいで」

「でも……」

「趣味で配っとるけん、ええんじゃ。みかんは魔除けにもなるけんな」

普段の千景は、見知らぬ相手から物をもらうことなどしない。しかし島ののどかな雰囲気と、珍しい五月が旬のみかんが、彼女の興味を勝たせた。

礼を言うとおじいさんはにこにこと手を振り、送り出してくれる。もらった河内晩柑の香りをかぎながら、彼女は今度こそ鳥居の方へ向かった。

爽やかな柑橘《かんきつ》の香りと、おじいさんの小さな優しさに、ほんの少し癒《いや》されつつ。

大山祇神社は歴史ある神社だけあって、とても広い。

事前に確認した境内マップによると、本殿へ向かうには南にある鳥居から入り、総門を通ってしばらく歩き、さらに神門をくぐるとようやく本殿が見えてくるようだ。

鳥居の前に立った千景は、一礼をしてから足を踏み入れた。

一瞬、空気が変わったような感覚をおぼえ、思わず立ち止まる。懐かしいような、切ないような、よくわからない感情がふつふつと湧いてきて、手にしていた河内晩柑の香りを無意識にかぐ。

そのまま歩み進め、武具を身に着けた守門神が護《まも》る総門をくぐると、視界が大きく開けた。

「広い……」

神門までの参道は想像以上に広く、外の賑わいが嘘《うそ》のように、静謐《せいひつ》とした空気に満ちていた。初夏の愛媛はもう十分汗ばむ気温なのに、ここはひんやりと心地よい風が吹き抜けている。

千景はゆっくりと辺りを見渡してから、歩き出した。

奥の中央に立つ御神木は見事な巨樹で、立札を読むと、「樹齢二六〇〇年の楠《くすのき》」だという。大きく広がった枝葉の向こうには、拝殿が見えていた。

手に持っていたみかんをバッグにしまい、代わりにポケットからお守りを取り出す。幼い頃、母が千景にくれたこの神社のもの。

ずっと持ち続けてきたけれど、今日返すと決めてきた。彼女なりの過去への決別と、これから自分の足で歩いていく人生への覚悟のために。

深呼吸し、大楠《おおくす》の近くにあった手水《ちょうず》で手を清めてから、神門へ足を向け目を見張る。

ついさっきまで誰もいなかった門の前に、男の人が立っていた。

一瞬宮司と見間違えたのは、束帯に似た服装のせいだろう。でもすぐに、彼の纏《まと》う空気や容姿が、人間離れしていることに気づく。

こちらを向いた彼と、目が合った。

刹那、千景の中で何かが目覚めたような、不思議な感覚が湧き上がる。

行ったら、戻れない。

とっさにそう思い、踵《きびす》を返してすぐに足を止める。


「千景」


背後で確かに、自分の名を呼ぶ声がしたからだ。

(なぜ私の名前を……？)

こういうときは、振り向いてはいけないと相場が決まっている。それなのに千景は、低く微《かす》かに甘さを帯びた声に、引き寄せられるように振り返ってしまった。

どこか懐かしい、清涼な香り。

目の前に、驚くほど冷たく美しい貌があった。

微笑《ほほえ》んでいるのか、いないのか、わかりづらいほどに整った目鼻立ち。白銀の髪は陽の光を浴び、睫毛《まつげ》の先まで輝いている。

そしてコーンフラワーブルーのように、深い蒼《あお》の双眸《そうぼう》が、千景をとらえていた。


「命花《みことばな》の巫女《みこ》──ようやく、貴女《あなた》を見つけました」

品の良い口元が呟《つぶや》いた言葉を、彼女はのみ込めずにいた。あまりにも現実離れし過ぎていて、思考と反応が正しく機能してくれない。

ふいに手を引かれ、神門に足を踏み入れた直後、世界が反転する。

見えていたはずの本殿は姿を消し、代わりに白や金で彩られた大きな屋敷《やしき》が、奥の方に続いているのが見えた。

太陽が燦燦《さんさん》と輝いていたはずの空は、見たことのない天体が浮かび、昼とも夜とも言えない不思議な朱鷺色《ときいろ》になっている。

ここはどこだと千景が見上げた先で、その人ははじめて口元をほころばせた。

「月世《つくよ》の空気はいかがですか、私の花嫁」

※

千景は普段、滅多なことで取り乱さない。

幼い頃から家庭の事情で修羅場をくぐってきたせいで、大抵のことには動じない癖がついてしまったからだ。

　しかしそんな彼女も、今回ばかりはさすがに思考が停止してしまっていた。

「……すみません。情報量が多すぎて、何から聞くべきかわからないのですが」

　見知らぬ世界、人ならざるナニカ。

　目の前で起きていることがあまりに非現実的すぎて、めまいを起こしそうになる。そんな彼女の混乱をよそに、男性は思案げな表情を浮かべ。

「そうですね。何から話しましょうか。祝言の日取り？　花嫁衣装？　新婚旅行の行先《いきさき》でもよいですね」

　駄目だ、この人に会話の主導権を与えてはいけない。即座にそう判断した千景は、フリーズした頭を必死に働かせた。

「とりあえず、あなたはどこのどなたですか」

「あれ、名乗りませんでしたか」

「そのような記憶は一切ありませんが」

　そう答えながら、改めて彼の姿を観察してみる。

　先ほどは瞳や髪色ばかりに目が向いていたが、よく見たら身に着けている衣装も、見たことのないものだ。束帯に似ているけれど、より動きやすく実用性を重視したデザイン。

しかもかなり良い生地と仕立てで、作られているように見える。

「私はここの主を担っている、秋水《しゅうすい》といいます」

「……ここというのは？」

「月白殿《げっぱく》。陽世《あきよ》から見ると、大山祇神社の裏にあたりますね」

あきよ？　裏？

意味のわからないワードに、問い詰めたい気持ちをぐっと抑え、確かめておかなければならないことを問う。

「さきほど秋水さんは、月世だとかおっしゃいましたけど」

「ええ」

「まさかとは思いますが、ここが異世界だなんて言いませんよね」

「ああ理解が早くて助かります。月世は人の子が住む陽世《あきよ》と鏡合わせの世界。いわば表と裏、互いになくてはならない存在であり、両世界の均衡を保つための龍脈管理を司《つかさど》るのが、月白殿です」

「口を開くたびに情報量増やすのやめてもらえますか」

千景は頭を抱えたい想《おも》いだったが、ようやく少し状況がのみ込めてきた。

信じたくはないが、おそらくこの人に手を引かれて神門を越えたときが、異界入りの夕イミングだったのだろう。

目に映るものは、時として圧倒的な現実をつきつけてくる。見たことのない天体も、空の色も、人間離れした彼の外見も——すべてに説明がついてしまう。

「……つまりあなたは、異界の住人。人ではない、ということですね」

「そうですね、私は神ですから」

さらりと耳を疑う発言をした秋水は、奥に立つ月白殿へ向け歩き始めた。

「細かい話は追々しましょう。私についてきてください」

その場から動かない千景を、彼は不思議そうに振り返る。

「どうしました？　まだ何か聞きたいことでも」

「あいにくですが、初対面の怪しい人物についていくようには育っていませんので。今すぐ帰らせてください」

彼女に向き直った秋水は、軽く小首をかしげてからゆっくり近づいてきた。思わず後ずさりすると、コーンフラワーブルーの瞳がゆるやかに細められる。

「ああ、すみません。うまく伝わっていなかったのですね」

千景を捉える瞳の中で、金で縁取られた瞳孔が艶《つや》やかな光を帯びる。

「貴女は命花の巫女であり、私の花嫁です。これからはずっと、ここで暮らすのですよ」

ほの灯《あか》りの中で浮かんだ微笑は綺麗《きれい》で、怖いくらいに嘘がなかった。

※

結局、千景は秋水に連れられ、奥に見える屋敷へ向かっていた。

あの場ですぐに帰してもらおうと再度交渉してみたものの、話の通じる相手じゃないと早々に諦めた。

彼女がどれだけ「忙しい」とか「仕事がある」とか言ってみても、ふた言目には「貴女は私の花嫁なのですから」で済まされてしまう。

このままではらちが明かないので、ひとまず話を聞くしかないと判断したのだ。

秋水の後ろをついて歩きながら、周囲をそれとなく観察する。月白殿は大山祇神社の裏というだけあって、似た雰囲気が端々に感じられた。

彼女が通ってきた神門の反対側はすでに大山祇神社の参道ではなくなっているものの、似たような広い敷地《しきち》があり、あの大楠までもが同じ位置に立っているのが見えた。（おそらく千景が神門を再び通ったところで、元の世界には戻れないのだろう）

二人が屋敷の入り口に着くと、中から数多《あまた》の人影が出てくる。

「お帰りなさいませ、旦那様」

秋水へ頭を下げる面々の多さに、千景は少し驚いていた。どうやら彼がここの主人であることは、間違いないらしい。

しかしそれ以上に彼女を面食らわせたのは、獣耳が生えている者や、尻尾を持つ者、頭部が鳥の形をした者など、ひと目見て異界の住人とわかる人たちに囲まれたことだろう。

何人かが秋水の後ろにいる千景の存在に気づき、揃《そろ》って驚愕《きょうがく》の色を浮かべる。

「主神《しゅしん》、このお方は人間では？」

「ええ。命花の巫女を見つけました」

集まっていた全員が、雷に打たれたように固まった。

その後、最前列にいる鋭い目をした男性が歩み出た。薄墨色の羽織《はおり》長着を身に着けたその人は、黒灰色の髪と同色の獣耳が生えており、犬のようなふさふさした尻尾まである。

「では、つまり……」

彼の確かめるような視線を受け、秋水ははっきりと頷《うなず》いた。

「私の花嫁です」

「違います」

微笑む彼の隣で千景が真顔で否定したにも拘《かか》わらず、どよめきが起きる。

鋭い目の男性は表情筋を動かさないまま、深々と首を垂《こうべ》れた。

「お初にお目にかかります、花嫁様。私は主神の側仕《そばづか》えをしております、藍墨《あいずみ》と申します」

「あいにくですが私、巫女でも花嫁でもないのですが」

「お名前をお聞かせ願えますか、花嫁様」

「……萩生《はぎお》千景です」

月世の住人は、人の話を聞かないのがデフォルトなのだろうか。千景の意思とは裏腹に、何かが大きく動き出していくのを感じる。

いつの間にか周囲は〝花嫁様〟の出現で大騒ぎになっていた。

大広間へ丁重に通された千景は、秋水の側近たちが見守るなか、この状況について説明を求めていた。

「秋水さんは私がみことばな……の巫女だと言いましたが、それはどういうことでしょうか」

「命花の巫女は数百年に一度の周期で現れる、護国の巫女です。人の子の魂に〝種〟が宿り、命花と呼ぶ特別な花を咲かせます」

彼の話によると、命花には霊力を高める役割があるのだという。

「人の子が住む陽世《あきよ》と私たちが住む月世《つくよ》は、〝気〟の循環によって、均衡が保たれています。どちらかに偏ってもいけませんし、どこかで滞ってしまうと、何かしらの不具合が生じてしまいます」

「気の流れというのは、龍脈のことですね」

「ええ。龍脈が集まる地は気の力に溢《あふ》れ、良いものも悪いものも引き寄せます。そのため力のある神々が治め、安寧を保ってきました」

千景はこれまでの話を咀嚼《そしゃく》しながら、情報を整理する。

「陽世と月世は鏡合わせの世界だと秋水さんは仰《おっしゃ》っていましたが、大山祇神社の裏に月白殿があるのは、両世界において龍脈が集まる地であるという理解でいいでしょうか」

「その通りです。さすが千景は理解が早いですね」

嬉《うれ》しそうな秋水をスルーしつつ、千景は両世界の関係についてなんとなく腑《ふ》に落ちていた。

陽世でも神聖な場所のことを、パワースポットと呼ぶ風潮がある。月世の住人ほどでなくても、昔から人間も龍脈が集まる場所を感じ取ってきたということなのだろう。

「先ほども言いましたが、月白殿は龍脈の流れを司る地。あらゆる龍脈がこの地で交差するため、その制御には多大な霊力を必要とします」

「つまり……その霊力を補うために、命花が必要だと」

秋水は静かに頷いた。

「代々の主神は巫女《みこ》を娶《めと》り、力を高めることで世の安寧を護《まも》ってきました。当代の主神として命花の巫女を得ることは、私の使命でもあるのです」

「なぜ、私が巫女であると？」

「貴女《あなた》を見たときすぐに分かりました。間違いありません」

自信たっぷりに微笑《ほほえ》まれたものの、千景自身に自覚がない以上、はいそうですかと言うはずもなく。むしろ困惑の色は濃くなるばかりだ。

「えぇと……何か証拠はありませんか。周囲の方々もそのほうが、納得できるでしょうし」

ちらりと側近の人たちを見やると、皆顔を見合わせながら、確かにと頷いている。どうやら千景が巫女だと確信しているのは秋水だけのようだ。

秋水は立ち上がると、突然彼女の左手首を掴《つか》んだ。

「ちょっ……何するんですか」

「これが『証拠』です」

彼が掴んだ手首を掲げた瞬間、どよめきが上がった。一体何がと千景も確認し、あっと声を漏らす。いつの間にか左手首にあった痣《あざ》は消え去り、花のような文様に変わっていたのだ。

「そんな、いつの間に……」

慌ててこすってみたが、まったく落ちる様子はない。まるで入れ墨でも入れたかのように、五枚の花弁がくっきりと描かれている。

「命花紋《めいかもん》が出ている。やはり巫女さまに間違いない」

「ようやく月白殿に巫女さまがお戻りになられた！」

気がつくと、周囲は歓喜に沸きたっていた。満足そうな秋水に、千景は改めて問う。

「どういうことでしょうか。なんとなく聞かなくてもわかりますが」

「この紋は命花の種を持つ人間にのみ、現れるものです」

つまり紋が浮き出た以上、千景が巫女であると言いたいのだろう。周囲の人々も納得しているところを見ると、嘘《うそ》ではないのかもしれないけれど。

「そうは言っても、私自身は巫女である自覚が何もないのですが」

「本当にありませんか？　よく考えみてください」

促され考えてみるも、やっぱり思い当たるフシがなかった。そもそも『巫女の自覚』がどんなものか、千景にはわからない。

「貴女の得手とすることが、あるはずですよ」

「昔から植物を育てたり、蘇《よみがえ》らせたりするのが得意ですけど……」

それを聞いた秋水が、いかにもといった様子で微笑んだ。

「命花の巫女は大地の気脈に呼応し、特に植物への影響を強く与えます」

「……！」

確かに千景は枯れかけた植物を蘇らせるのが得意で、これまで他の人が無理だと諦めた草花を何度も復活させていた。なぜそんなことができるのか不思議に思われたが、たまたまだと思い込んでいたのだ。

「これで分かってもらえましたね？」

秋水を始め、周囲の期待に満ちた視線が千景の逃げ場をなくしていく。しかし彼女には、どうしても折れるわけにはいかないことがあった。

「……そうですね。納得しきれない部分はまだありますが、ひとまず私が命花の巫女であることは受け入れても構いません」

ちいさく息を吸い込んでから、まっすぐに蒼《あお》の瞳と向き合う。

「ですが秋水さんとの結婚は、お断りします」

一瞬、大広間が静まり返った。

次第に周囲がざわつきはじめるなか、目の前に座る秋水は何を言われたのかわからないといった表情で千景を見つめている。

彼女は再度、自身の考えを述べた。

「秋水さんにとって、命花が必要であることはわかりました。もし私が本当に巫女であり、私の咲かせる花が必要なのであれば協力はします。ですが、私が貴方《あなた》の花嫁になる必要はないはずです」

それを聞いた藍墨が、何を言うんだといった視線を投げかけてくる。一方の秋水は、まるで子供を諭すように言った。

「先ほども言いましたが、命花の巫女は主神の妻になることが習わしです」

「習わしというだけで、必須ではないのですよね？　私はこれまで結婚を考えたこともありませんし、したいとも思っていません。契約結婚というのであればまだ交渉の余地はありますが、今のところ私にメリットは感じられませんし」

再び周囲がざわついた。神との結婚にメリットがないと言い出した千景に、怒り出す者までいる。

ようやく状況を理解したのだろう、秋水はここで初めて、動揺の色を見せた。

「私と結婚すれば、何不自由無い生活を約束します。貴女が苦労するようなことは何もありませんよ」

「そもそも主神の妻になるのは、これ以上なく名誉なこと。人間である花嫁殿にはわからないのでしょうが」

傍らで控えていた藍墨が、大きくため息をつく。呆《あき》れに満ちた周囲の視線に、千景は怒りがふつふつと湧いてくるのを感じていた。

私がいつ、そんなことを望んだというのだ。

この二十年、ただただ慎《つつ》ましく努力し、自分の力で生きていく術《すべ》を身に付けてきた。彼らの言うことは、そんな彼女の人生を否定しているようなものだ。

「私は名誉など欲していませんし、何不自由無い生活を望んでいるわけでもありません。なによりこのまま結婚などすれば、秋水さんに捨てられた時点で私は無一文の職無しです。そういう関係はまっぴらです」

「貴女を捨てるなど、そんなことは絶対にありません」

「申し訳ありませんが、出会ったばかりの貴方を信じるなんて無理です」

それを聞いた秋水の目が、悲しげに揺らいだように見えた。

頑《かたく》なに拒む千景を、彼はしばらく黙って見つめていた。大広間には怒号が飛び交い、生意気な小娘を追い出せと言うものまでいる。

やがて先ほどよりも固い声が、静かに、けれど有無を言わさぬ響きを持って告げた。

「私は月白殿の主として、命花の巫女を得る使命があります。貴女を帰すことはできません」

「……であれば、条件があります」

千景は、ここに留《とど》まるのならば、花嫁ではなく職能者としてであること。月世に留まるのは、命花を咲かせるまでとし、花が咲いたあとは元いた世界へ帰り、必要なときだけ月世へ来るようにしてほしいと主張する。

「巫女としての使命は必ず果たします。これ以上は私も譲るつもりはありません」

受け入れられなければ、花を咲かすつもりがないとまで言い切り、再び周囲は静まり返った。千景の主張に理解と感情が追いつかず、みな絶句しているようだ。

「……一応聞きますが、なぜそれほどまで私との結婚を拒むのですか」

「私は育った環境の影響で、結婚に良い印象がないからです」

それ以上のことを言う気にはなれなかった。どうせ言ったところで、ここの住人に分かってはもらえないだろう。

「成程。……他に想《おも》い人がいるというわけではなさそうですね」

小さく呟《つぶや》いた秋水はゆっくりと立ち上がると、鷹揚《おうよう》にこちらを見下ろした。冷たく整った貌に気圧《けお》されまいと、千景は背筋を伸ばす。

「わかりました。貴女がそこまで言うのであれば、その条件をのみましょう」

「主神、本気ですか」

藍墨のあり得ないといった表情に、他の側近たちも追随するように反対する。そんな周囲を秋水は片手ひとつで黙らせ、改めて千景に向き直った。

「ただしこちらも条件があります。一年の期限内に花を咲かせられなければ、この取引は破談。貴女は私の花嫁となってこの世界の掟《おきて》に従った巫女修行をしてもらいます。それでよいですね？」

つまり千景が失敗すれば、秋水と結婚し強制的に永住するということだ。

一方的に連れてきておいて、なんと理不尽な話だろう。もはや彼女は笑いたくなってきた。

秋水だけでなく、月世の住人は千景の言い分をなにひとつ理解しようとしないし、主神の求婚を断った人間の小娘を糾弾する空気すらある。

あまりに異なる価値観に絶望的な気分になるが、この程度で怖気《おじけ》づくほど彼女の人生はぬるくなかった。

「わかりました。受けて立ちます」

まっすぐに見上げた先で、秋水はなぜか微笑《わら》った。

その意味を千景が知るのは、ずっと後のことになる。

2

誰かに頼らなければならない人生は、常に転落と背中合わせだ。

大人に頼らなければならなかった頃、私はいつも何かに怯《おび》えていた。

怖い人が来たら、どうしよう。

給食費が、また払えなかったらどうしよう。

お父さんが、お酒を飲んで暴れたらどうしよう。

お母さんが、いなくなったらどうしよう。

だから私は、何があっても自分の力で生きていくと決めている。

もう二度と、捨てられる恐怖や絶望に、振り回されないために——

※※※

千景は目覚めたとき、なにもかも夢だったのではと少しだけ期待した。

けれど今自分がいるのはタダ同然で借りている古家ではなく、素朴ながらも品の良さを感じる庵《いおり》。月世における仮住まいとして、あてがわれたものだ。

秋水は本殿に部屋を用意すると言ったのだが、彼女は丁重に断った。隅々まで手入れが行き届いた客間は落ち着かないし、周囲のあらゆる視線が息苦しい。古くていいので本殿からは離れた、できれば庭のある場所にしてほしいと頼んだのだ。

のろのろと体を起こすと、まだ少し頭が重い。昨夜はここに来て緊張から解放されたせいだろう、食事を取る間もなく眠りに落ちてしまった。

（……外が明るい）

千景が寝ていた部屋は畳敷きの八畳間で、庭に面して大きな縁側がある。隣には客間らしき大きな部屋もあったが、大して荷物もないので、こちらの部屋を生活拠点にしたのだ。

月世へ来たときは暗かったけれど、今は柔らかな光が縁側から差し込んでいる。持っていたトートバッグからスマホを取り出してみると（案の定圏外だったが）、時間は夜の十時になっていた。

もしかしたら陽世と月世では、昼夜が逆転しているのかもしれない。であれば、今こちらの世界は朝だろうか。

そんなことを考えながらふと手首にある花紋に気づき、現実に引き戻される。

「……そうだ、命花を咲かせなくちゃいけないんだ」

昨日の交渉で花を一年以内に咲かせると約束したものの、どうすれば咲くのか、咲くとはどういうことなのかがわからない。秋水曰《いわ》く、『紋の花弁がすべて色づく頃には、花が咲くでしょう』とのことだったが。

『実は私も、花が咲く条件について詳しくは知らないのです。ただ命花は、咲けばひと目でわかりますから』

彼ににっこりと微笑《ほほえ》まれ、それ以上は聞けなかった。要するに「自分で考えろ」ということなのだろう。命花はその性質から欲しがる者が多いため、花の咲かせ方は代々秘匿とされ、巫女《みこ》自身しか知らないそうだ。

「といっても、先代は既に亡くなっているし……」

つまり千景は、一からスタートさせなくてはならないということだ。雲をつかむような話に、早くも心折れそうな気持ちになる。

改めて紋を観察してみると、五枚の花弁はどれも同じような形で、今は何色にも染まっていない。おそらく何かしらの条件をクリアすると色づくのだろうが、それが何なのかは見当もつかない。

ちいさくため息をつき、畳の上にしばし横たわる。

夏の公務員試験を思い出し、こんなことをしている場合ではないのにと叫びたくなる。理不尽な運命は、いつだってこちらの都合はお構いなしだ。分かってはいても、どうしようもない悔しさで胸が押し潰《つぶ》されそうだった。

千景はすがるようにポケットからお守りを取り出すと、手にした欠片《かけら》を見つめた。手放すつもりで持ってきていたのに、結局いつもの習慣が抜けない自分に少々呆れつつ。

しばらくそうしていると、柱や天井に使われている木から、ほんのりと優しい香りがしているのに気づいた。なんの木かはわからないが、この香りに包まれていると、すさんだ心がほんの少しやわらぐ。

ゆっくりと体を起こした千景は、縁側へ続く引き戸を開け庭へ出てみた。

百坪ほどある庭は荒れてこそいないものの、花ひとつ咲いていない寂しい状態だった。

秋水によると、ここは随分前に住人がいなくなってから、ほとんど手入れされないまま放置されていたそうだ。

その割に雑草が生えていないのが不思議だったが、陽世とは植物の育ち方も違うのかもしれない。

空は相変わらず朱鷺色《ときいろ》をしているけれど、雲ひとつなく明るい。たぶんこの状態が〝晴れ〟なのだろう。太陽に似た、けれどそれほど光が強くない天体が、柔らかな陽《ひ》ざしを注いでいる。

ぐう、とお腹《なか》が鳴った。

昨日から何も食べていないことを思い出し、千景はいったん部屋に戻る。持ってきたトートバッグを探ると、河内晩柑が出てきた。おじいさんにもらったのがなんだか随分前のことのように感じて、ちょっとだけ感傷的になりながら皮をむく。

「あ、美味《おい》しい」

ひと房口にすると、爽やかな香りとみずみずしい甘酸っぱさに、小さく笑みが零《こぼ》れた。今が旬だと聞いていたとおり、美味しいみかんだ。

あっという間に食べつくし、あとに残った種を見てふと思いつき庭へ降りる。何も植わっていない土を少し掘り、みかんの種を埋めてみた。

(こっちの世界で発芽するのは無理かもしれないけど)

試してみなければ気が済まないのが、千景の性分だ。水をやっておこうと辺りを見渡してみると、じょうろはあったものの、水場らしきものがない。どうしようかと思案し始めたところで、手に持っていたじょうろが急に重くなる。

見ればいつの間にか、中に水が溜《た》まっていた。どういう仕組みかわからないが、ひとまず種を植えた場所へ水をやる。じょうろを元の場所に戻して振り返ったところで、目を疑った。

「え……嘘《うそ》でしょ？」

さきほど種を植えた場所から、いくつも芽が出ていた。見間違いかと思ったが、特徴的な艶のある双葉は柑橘《かんきつ》の木のものだ。

植えてすぐ発芽するなど普通ならあり得ないが、実際に起きているのだから仕方ない。芽吹いた苗をまじまじと見つめながら、千景は小さく頷《うなず》いた。

「もう少し、試してみないと」

自身の中に浮かんだ仮定を確信に変えるには、検証が足りない。急いで部屋に戻ってバッグをもう一度探り、目当てのものを取りだす。

ホームセンターの安売りで見つけた、ミックスハーブの種。買ったままバッグに入れっぱなしになっていた。

早速封を開けると、種を敷地《しきち》のあちこちに撒《ま》いていく。水をやってしばらく見ていると、土の表面がもこもこと動き始めた。

「凄《すご》い……」

レモングラス、カモミール、バジル、フェンネル……すべてのハーブの種が、一斉に芽吹いた。

千景が啞然《あぜん》と見守るなか、小さな双葉はやがて本葉となり、みるみるうちに育っていく。

「わ、さすがは巫女さまですね！」

突然背後から声がして振り向くと、そこには小柄な少女が立っていた。

見たところ十五、六歳くらいだろうか。赤みを帯びた茶色の髪に、千鳥柄の着物と朱色の袴《はかま》を身に着けている。

「……どなたですか」

「あっ申し遅れました！　駒《こま》と申します。お食事をお持ちしました」

彼女は手にしていた重箱を、にこにこと差し出してくる。正直お腹がすいていたので、千景は素直に受け取った。

「ありがとうございます」

「何か不足しているものがあれば、仰《おっしゃ》ってくださいね」

駒は高めの声でそう言って、ぺこりとお辞儀した。昨日見た秋水の側近たちとは違う雰囲気に、少しほっとする。

「では裁縫道具をお借りできますか」

「後でお持ちしますね。何か縫われるのですか？」

「ああ……いえ」

千景は室内に置かれた和簞笥《だんす》を示す。

「私の着替えを用意してくださったようですが、このような着物は着方がわかりませんし動きにくいので。何枚か解《ほど》いて着やすいものに作り変えようかと」

子供の頃、外出着を買えず困っていた彼女を見かね、近所に住むお婆《ばあ》さんが古い着物を解いて服を作ってくれた。そのやり方を真似《まね》て、何度か捨てる着物をもらってきて服を作ったことがある。

その経験が活《い》かされることになろうとは、人生なにがあるかわからないものだ。

「着付けならお手伝いしますけど、陽世の着物を縫うのも面白そうです。お食事を召し上がるならお茶をお淹《い》れしますね、巫女さま」

「その呼び方やめてもらえませんか。私はまだ正式な巫女になっていませんし」

命花の巫女は花を咲かせてはじめて、正式な巫女となるのだそうだ。つまり今の千景はあくまで〝候補〟であり、職無しに変わりはない。

「ではなんとお呼びすればいいですか？　婚約者さま？」

「婚約していません」

「あっそうでした。では千景さまとお呼びしますね」

「……千景〝さん〟でお願いします。それとお茶は自分で淹れますので、台所の使い方を教えてもらえますか」

彼女の申し出に、駒はとび色の瞳をぱちぱちさせた。

「えっ⁉　旦那様の大切な方にそんなことさせられませんよ！」

「私はなるべく、自分のことは自分でしたいんです。それにさっきも言いましたが、私はまだ正式な巫女ではありませんし。一般人として扱ってください」

淡々とそう伝えると、駒は「そう言われましても……」と困っていたが、やがてしぶしぶといった様子で。

「わかりました。噂《うわさ》に聞いていた通り、頑固な方ですねえ」

「……そんな噂が広まってるんですか」

駒はあっけらかんと頷いた。

「はい！　もう昨日から月白殿は千景さま……千景さんの話題でもちきりですよ」

まあそうだろうなと、千景も思う。どんな話がされているのかも、大体想像がついてしまうし。

「駒もどんな方なのか気になっていたので、旦那様にこのお役目を仰せつかったときはわくわくました」

きっとこの後、さんざん噂話のネタにされるのだろう。そのうち尾ひれがついて、稀代《きたい》の悪女にでもされるのかもしれない。

それならそれで、秋水も愛想を尽かして結婚を諦めるかも……などと考えていると、目の前の駒がにっこりと微笑んだ。

「命花、早く咲かせられると良《い》いですね。駒もお手伝いしますので、できることがあれば何でも仰ってくださいね」

千景はぽかんと、くりくりした瞳を見つめた。秋水からの使いと聞いたので、彼女が自分に協力するはずがないと思っていたからだ。

「……いいんですか？」

「何がです？」

きょとんとする駒に、念のため尋ねる。

「秋水さんに叱られたりしないんですか。彼は私が失敗することを望んでいるはずですし」

「うーん？　そう言われてみればそうですけど、ダメとは言われてませんし。千景さんのお世話をするのが私のお役目ですから」

アバウト過ぎる解釈な気がするが、彼女は自信たっぷりに胸を張っている。千景は深く考えるのをやめた。

「あっ余計な話をしてしまいましたね。台所はこちらです」

「その前にいいですか」

「なんでしょう？」

小首を傾《かし》げる駒に、最初に声をかけられた時のことを尋ねる。

「先ほど駒さんは『さすが巫女《みこ》さま』と言いましたけど、ああいったことは誰にでもできるわけではないのですか」

「もちろんですよ！　月世は植物があまり育つ環境ではないので……。一瞬で種を芽吹かせるなんて、千景さんにしかできません」

そういうものなのか。とはいえ、さすがにあんなことは陽世でもできない。なぜ急にできるようになったのか疑問に思っていると、庭と門扉を繋《つな》ぐ小路《こうじ》から足音がした。

「藍墨様！」

慌ててひかえる駒の傍らを、藍墨がむっつりと歩いてくる。今日も薄墨の羽織《はおり》長着姿で無愛想だが、どことなく纏《まと》う空気が硬い。不機嫌、と言った方がいいだろうか。

彼は千景の前に立つと、黙ったまま鋭い銀眼で見下ろしてくる。

「何かご用ですか」

「……お前に手を貸してやる」

千景は瞬きをした。あまりに想定外の返答だったからだ。

「意外ですね。私のことなど、とっとと追い出したがっていると思ってましたが」

昨日の藍墨は、主の求婚を断った小娘に対して怒り心頭だった。彼は視線を逸《そ》らしながら、忌々しげに口を開く。

「できるものならとっくにそうしている。だがこのままお前に失敗されては、主神の思うツボだからな」

なるほどそういうことか。

千景が花を咲かせられないと、その先に待っているのは秋水との結婚だ。要するに彼は気に入らない娘が主神の妻になることを、なんとしてでも阻止したいのだろう。

「目的のために手を組むということですね。わかりやすくていいです」

「……駒、わかっているな？」

「あっはい！　旦那様には黙っておきます」

にらみを利かせられ、駒はすっかり萎縮してしまっている。

「別に構いませんが、随分昨日と態度が違いますね」

「当たり前だ。今のお前は主神の婚約者でも、巫女でもない。ただの人間に差し出す敬意などない」

随分な言われようだが、月白殿の住人は概《おおむ》ねこういう考えなのだろう。反論するのも面倒なので、千景は淡々と告げた。

「ではこちらも貴方《あなた》に敬意は払わなくてよいということですね」

「なんだと？　俺を誰だと思っている」

「さあ。その耳と尻尾はちょっと触ってみたいですけど」

「なっ……！」

藍墨は顔をひきつらせたまま、千景を睨《にら》みつけた。駒が慌てた様子で、間に入ってくる。

「藍墨様は旦那様の右腕であり真神《まかみ》（狼《おおかみ》の神）、私たち神使《しんし》と違って、神であられるお方です！」

「そう言われても、私には区別がつきませんし」

何事か言おうとする駒をやんわりと制し、千景は二人を交互に見ながら告げた。

「私は駒さんが神使だからと言って、藍墨さんより下に見るつもりもありません。今のお二人は私にとって、この世界における協力者であると認識しています」

「千景さん……」

「どうぞこれからよろしくお願いします」

頭を下げた彼女を、駒は目を皿のようにして見つめていた。一方の藍墨は、驚きと苛立《いらだ》ちが入り混じった表情をにじませている。

「なんなんだお前は……さっきは俺に敬意を払わないと言っていたはずだが」

「藍墨さんの立場に敬意は払いませんが、同じ目的を持つ同志としての敬意は払うということです」

「ややこしい奴だ……まあいい。一日も早く命花を咲かせるために、必要なことは言え。可能な限り対応する」

「助かります。正直途方に暮れていましたから」

「勘違いするな。主神のために協力するだけで、お前を認めたつもりはない」

まったく本意ではないといった様子の藍墨に、千景は小さく口の端を上げた。

「それで充分です」

藍墨の話によれば、彼自身も命花を見たことがなく、花を咲かせる方法も知らないらしい。

「主神が知らないものを、俺が知っているわけないだろう」

「まあそうですね。そこは期待してなかったので構いませんが、藍墨さんは先代巫女のことも知らないのですか」

「俺が月白殿に来たときには、既に亡くなっていたからな。顔も見たことがない」

「では、紋が色づく条件などは……」

「まったく知らん」

堂々と言い切られ、千景は真顔で呟《つぶや》いた。

「つまり貴方は、役立た」

「ま、待て待て。巫女のことなら深樹《しんじゅ》殿が知っているはずだから、聞いてみるといい」

「深樹さん、ですか」

どこで会えるのかと思ったところで、駒が補足してくれる。

「深樹さまは月白殿の中央に立っている、大楠《おおくす》の木精《もくせい》（木の精霊）です。相当長く生きていらっしゃるので、歴代の巫女のこともご存じだと思いますよ」

「ああ、あの樹《き》ですか。早いうちに会ったほうがよさそうですね」

月世に来た時に見た、御神木のことだろう。あとで行ってみようと考えていると、駒が眉を下げた。

「ただ深樹さまは気まぐれな方で、宿木《やどりぎ》にいらっしゃらないことの方が多いんです。会えたら幸運くらいに思っておいた方がいいと思います」

なるほど、一筋縄ではいかなそうだ。千景は深樹のことは心に留めつつ、話を切り替える。

「そういえば、疑問に思っていることがあります。先ほど私は庭に陽世から持ってきた植物の種を植えたのですけど、どれもがすぐに芽吹きました。あんなことは陽世でもできなかったのに、なぜ急にできるようになったんでしょう」

聞いた藍墨は、思案げな表情を浮かべ。

「陽の気をもつ陽世の植物は、月世では異質なもの。異質がゆえに、通常と異なる育ち方をしたり、龍脈の影響を色濃く受けたりするものだ。ただ――」

そこで彼は千景を見つめた。

「なにか？」

「発芽したからではないか、お前の中の『種』が」

思わず銀の双眸《そうぼう》を見返した。

そう言えば秋水もそのようなことを言っていた。命花の種は人間の魂に宿るものだと――

「いつ発芽したのか、まったく気づきませんでしたが」

「宿主が大人になる頃に発芽するそうだが、詳しくは俺もわからない。いずれにせよ花紋が出現し、これだけ植物に色濃く影響を及ぼしている以上、そう考えるのが自然だ」

「……であれば、この力を育てれば、種が育つ可能性はありそうですね」

発現した能力を高めることで、巫女としての力が開花していくかもしれない。そうすれば命花も――

「確かにそれはあるかもしれない。だがどうやって育てる？」

「しばらくここの庭で植物を育てながら、花紋に変化がないか調べてみます。他に方法も思いつきませんし」

「わかった。必要な道具はこちらで揃《そろ》えよう」

藍墨と駒の協力を得たことで、花を咲かせる研究は急に前進したように感じられた。実際は何ひとつ進んでいないのだが、孤軍奮闘するつもりだった千景にとって、彼らの存在は想定外の収穫と言える。

即日、藍墨と駒によって栽培に必要な道具が集められ、彼女は早速庭の植物園化に取りかかったのだった。

3

千景が月世に来て、あっという間に一週間経《た》った。

庭の整備は順調に進み、八割ほどが耕され、新たな植物が植えられている。もともと陽世でも、趣味兼食費節約のために古家の庭を菜園化していたため、さほど手間取ることもなかった。

藍墨によれば月世の植物は陽世と似たものが多く、性質もさほど変わらないそうだ。つまり千景の経験と知識がそれなりに役立つということで、彼女にとってなによりの朗報だった。

何かと世話を焼きに来てくれている駒が、感心したように言う。

「やっぱり陽世の植物の方が、生長が早いみたいですねえ」

最初に植えた河内晩柑は背丈が三十センチほどになり、もう少ししたら花が見られそうだ。

生長の早いハーブはすっかり育ち、バジルやレモングラスはみずみずしい葉を茂らせ、カモミールは可愛《かわい》い白花を満開に咲かせている。普通なら考えられないスピードだ。

このまま放っておくのは勿体《もったい》ないので、千景はハーブの収穫を始めることにした。バジルやフェンネルは柔らかい新葉を摘み取り、カモミールは花を摘んでいく。

たちまち籠いっぱいになったハーブを持って縁側に戻ってから、ちらりと手首を見やった。

「……やっぱり変化なし、か」

庭の植物は順調に育っているけれど、花紋が染まる様子はない。

小さくため息をつき顔を上げると、いつの間にか台所に入っていた駒が、ひょっこりと顔を出す。

「少し休憩しませんか？」

差し出されたのは、桜色をした餅と団子だった。駒はいつもおやつを持ってきては、絶妙なタイミングで千景をお茶に誘ってくれる。

「ありがとうございます。じゃあ私はハーブティーを淹《い》れますね」

「はーぶてぃー？」

「薬草茶のことです。今摘んできたもので淹れるんですよ」

通常は乾燥させたハーブを使って淹れることが多いが、摘んだばかりのもので淹れるフレッシュハーブティーは格別だ。

千景はカモミールの花を軽く洗って蓋碗《がいわん》に入れた。台所でお湯を沸かし、碗に注ぐと青リンゴに似た甘く優しい香りが湯気とともに立ちのぼる。

「蓋で少し蒸らしてから飲みましょう。和菓子に合うか分かりませんけれど」

「あっ凄《すご》くいい香りですね！　それに……薬草茶だけあって、疲れも取れる気がします」

「そんなにすぐ効果は出ないと思いますけど、気持ちはわかります」

ささやかな贅沢《ぜいたく》が、心身の疲れを和らげる。見知らぬ世界で駒と過ごすこのひとときが、千景にとっても癒《いや》しになりつつあった。

「でも本当に千景さんに淹れてもらったお茶を飲むと、元気が出るんですよ。今度藍墨さんにも飲んでもらいましょう」

「あの方は私が淹れたお茶なんて、飲まないと思いますよ」

藍墨は協力者ではあるが、千景のことをよく思っていない。というよりそうでなければむしろ困るので、彼と打ち解けようという気は一切無かった。

「じゃあ、旦那様はどうですか？　千景さんが淹れたお茶なら喜んで飲まれますよ絶対！」

「そうかもしれませんが、逆に嫌です」

きっぱり言い切ると、駒はしょんぼりと肩を落とす。

彼女は千景を手伝ってくれているが、秋水のことも敬愛しているのだろう。言葉の端々に、そういった空気を感じる。

「……秋水さんって、どういう方なんですか」

「旦那様は森羅万象を司《つかさど》る、五神が一柱《ひとはしら》であらせられます。とっても位が高い神さまなんですよ！」

そう話す駒は、どこか誇らしげだ。

「月白殿の代々主神の中でも高い霊力をお持ちで、これまで命花の巫女《みこ》さまがいなくてもなんとかなっていたのは、旦那様のお力によるものなんです！」

「そう。なら私がいなくても問題ないってことですね」

今までなんとかなっていたのなら、この先だってなんとかなるだろう。しかし彼女はこでうなだれた。

「そのはずだったのですが……ここ最近〝門〟が頻繁に現れていまして。対応を任されている月白殿は、たびたび窮地に陥っているんです」

「門？」

千景が聞き返すと同時、駒は慌てた様子で立ち上がった。

「す、すみません！　私もう行かなくてはいけません」

「ああいえ。忙しいのにいつもありがとう」

ぱたぱたと帰り支度をする姿を見て、まるで小鳥みたいだと思う。彼女はいつもよく気がつくし、働き者だ。

庵《いおり》を後にする寸前、駒はくるりと振り向いた。

「あの、千景さん。この間は藍墨様の前だったので言いそびれたのですが……。実際にお会いしてみて、駒には千景さんが悪い人には見えません。旦那様とのご結婚を断ったのも、お考えあってのことなんでしょうし」

瞠目《どうもく》する千景の前で、拳に力を入れながら宣言する。

「駒は、千景さんの、味方ですからね！」

「……ありがとうございます」

駒を見送ってから、千景は自分の頬に触れてみた。心なしか緩んでいる気がするのは、彼女の言葉に動揺し、思いのほか嬉《うれ》しかったからだろう。

陽世では、ずっと一人だった。

親やお金のことで、周囲に引け目を感じていたせいだろう。自分が誰かを頼ったり、甘えたりしてはいけないと思ってきたから、ここでも一人が当たり前だと思っていたのに。

出会って間もない千景を理解しようとしてくれる駒が、新鮮で、眩《まぶ》しくて、少し怖かった。

あの笑顔に嘘《うそ》がなければいい――そう願わずには、いられないほどに。

静けさが戻った庵で千景は洗い物と掃除を済ませ、縁側へと向かった。

「さて、摘んだハーブを整理しなくちゃ」

こんもりと薬草が積まれた籠を取って戻ろうとしたとき、ふと庭の方から視線を感じる。

(誰かいる……？)

ハーブ園の奥を覗《のぞ》くと、園芸道具などを仕舞っている納屋の陰で何かが動いた。駒や藍墨があんなところに隠れる必要はないし、もしや秋水の密偵だろうかなどと考えながら近づくと、突然鳴き声が上がる。

「ぷいいいいい」

「!?」

見ればそこには、緑色をした猫サイズくらいの生き物がうずくまっていた。

ツートンのカラーリングや全体的な雰囲気はバクに似ているが、体は丸っこく手足は短く、もこもことした毛も生えている。まるでぬいぐるみのようだ。

眠そうな目が、不安そうにこちらをうかがっていた。千景は怖がらせないようしゃがんでから、話しかけてみる。

「ここに迷いこんだのですか」

返事はなかったが、逃げ出そうとはしない。どうやら衰弱しているらしく、この場所まで来て動けなくなったのかもしれない。

仕方がないので千景はその生き物を抱き上げ、縁側につれていった。とりあえず水でも飲ませてみようと台所に行き、戻ってくるとその生き物が飲み残したカモミールティーを見つめている。

「……飲みたいのですか？」

「ぷい」

眠そうな目に、少し力が戻った気がした。念のため冷ましてから皿に入れてやると、嬉しそうに飲み干し、千景を見やる。

「もしかして、おかわり？」

「ぷい」

その後千景はカモミールティーを五杯も作らされ、そのたびバクっぽい生き物は美味《おい》しそうに飲み切った。

碗に残った花もむしゃむしゃと食べ尽くすと、急にころりと横になり、あっという間に眠ってしまう。しばらく観察していたが苦しむ様子もないので、満腹になって眠くなっただけのようだ。

「……とりあえず、元気になったのならよかった」

安らかな寝息に安堵《あんど》しつつ。もふっとした毛並みをそっと撫《な》でてみたら、自然と頬が緩んだ。

「優しいのですね」

はっと我に返り声がした方を振り向くと、いつの間にか秋水が立っていた。介抱に夢中になっていて、彼が庭に入って来たことにも気づかなかったようだ。

「これは……弱っていたようなので仕方なくです」

居住まいを正しながらそう返すと、彼はおかしそうにコーンフラワーブルーの瞳を細めた。

一週間ぶりに見た秋水は、浅葱色《あさぎいろ》の羽織《はおり》長着にゆるく結んだ髪を肩に垂らしており、どことなくラフな雰囲気を感じさせる。先日の束帯に似た衣装は、仕事着のようなものかもしれない。

「主神がこのような所へ、何のご用ですか」

「貴女《あなた》の様子を見に来たのですよ、私の花嫁なのですから。あれからしばらく外出していたもので、遅くなってすみません」

「謝る必要なんてありませんし、花嫁ではありません」

「何か不自由はしていませんか」

「家に帰れないこと以外は特に」

千景のそっけない態度に反応することもなく、彼はすっかり様変わりした庭を眺めた。

「見事なものですね。ここには何も生えていなかったと記憶していますが」

「……正直言うと私も驚いています。こんなに早く植物が育つなんて、普通では考えられませんし」

秋水は小さく頷《うなず》くと、こちらを振り向く。

「花紋の方はどうですか？」

「それは……変わりありません」

「そうですか」

それだけ言うと、彼は縁側に腰を落ち着けた。話すことなど何も無くて千景は気まずさを覚えるが、相手は特に気にしている様子もない。

やがて沈黙に耐えられず彼女が立ち上がろうとしたとき、傍《そば》で眠っていた生き物が、ぽひーと寝息を立てた。

「すっかり貴女に懐いたようですね。その霊獣は用心深いので、そう易々《やすやす》と寝姿を見せないのですが」

「知ってるんですか、この子を」

「名は翠《すい》と言います。私の元にいたのですが出先ではぐれてしまい、捜していたところでした」

「ああそうだったのですね。ではどうぞ連れて帰ってください」

「いえ。このまま千景の元に置いておきます」

「……え？」

いきなり何を言い出すのだろう。戸惑いながら見上げた先で、秋水の整った貌に微笑が浮かぶ。

「翠もその方がいいでしょうし」

「いえ困ります。自分のことで手いっぱいなのに、ペットを飼う余裕など私にはありません。それにこの子も、秋水さんのもとに帰りたがっているでしょうし」

そのとき翠が目を開き、のそりと起き上がった。眠気まなこをきょろきょろさせ、秋水に気づくと嬉しそうに「ぷいぷい！」と鳴く。

「翠、大事ないですか」

「ぷい！」

「よろしい。では私と帰りますか、ここに残りますか。好きな方を選んで構いませんよ」

二人が見守るなか、眠そうな目が千景を見て、秋水を見て、再び千景を見た。

「ぷぷい！」

千景の膝に飛び乗った翠を見て、秋水がやはりと頷く。

「ね？」

「だ、だから困りますって。連れて帰ってください」

「ぷいい！」

眠そうな必死の上目遣いに、千景はかぶりを振った。

「駄目です。私の手には負えません」

「ぷいいい……」

悲愴《ひそう》に満ちた鳴き声が、響いた。

それはそれは悲しそうな目で、死にそうな顔で、

見つめられ。

見つめられ。

見つめられ。

——ついに千景は折れた。

敗北感に充《み》ちている千景の隣で、秋水は満足げに微笑《ほほえ》んでいる。

「霊獣なんて、どうやって飼えばいいんですか……」

「この子はあらゆる植物を食べますし、手間はかかりません。いろいろと役に立つと思いますよ」

嬉しそうにとてとて走り回る翠を見て、千景はため息を漏らしつつ。

「まあいいです。一度手出しした以上、最後まで面倒見るのが筋ですし」

「ええ。貴女ならそうするだろうと思っていました」

「……私のことを分かっているような言い方、やめてください」

自分は周囲から敬われるような人格者ではないし、そう期待されても困る。しかし秋水は彼女の言葉に反応を示さず、手にしていた風呂敷《ふろしき》包みを差し出した。

「そうそう、これを渡しに来たのでした」

包みの中は、真新しい着物と帯だった。淡い水色の着物は裾や袖に白い小花が手描き染めされており、紬《つむぎ》らしき帯は柔らかな生成りとサーモンピンクで柄が織られている。

着物に詳しくない千景でも、良いものであることはひと目でわかった。

「貴女に似合うものを選びました」

「こんな高価な物、いただけません。着付けもできませんし」

「着付けなら駒がいるでしょう。この着物は特殊な繊維で織られていまして、霊力を高めてくれます。花を咲かせるのにも役立つはずですよ」

思わず見つめた先。深く蒼《あお》い瞳に映る色に、欺きは感じられない。

「……なぜですか」

「え？」

「秋水さんにとっては、私が失敗したほうが都合がいいはず。それなのにこうして手を差し伸べる意味がわかりません」

「ああそれは――」

伸ばされた指先が、千景の髪に触れた。その手つきがあまりに優しくて、つい目を逸《そ》らしてしまう。

「千景の喜ぶ顔が見たいからです」

「……陽世に帰してくれれば、たくさん見られますよ」

俯《うつむ》きながらそう答えると、「確かにそうですね」と彼は困ったように笑んだ。

「いずれにせよ、貴女には命花を咲かせてもらわねばなりません。これも主神の務めと思って、受け取ってください」

帰り支度を始める背を、千景は複雑な想《おも》いで見つめていた。一貫性の無い秋水の振る舞いが、彼女の内をざわつかせる。

一方的に連れてきておいて、なぜ取引を受け入れたのか。彼は本当に、自分と結婚したいと思っているのだろうか。

この人の考えることが、まったくわからない――

「待ってください」

振り向いたまなざしは、やっぱり冷たく綺麗《きれい》だった。

「……カモミールティー、飲みますか。陽世の植物で淹《い》れる薬草茶です」

「いいのですか？」

「こういったものを無償でいただくのは、信条に反しますので。それに——駒さんを私につけてくださったことは、感謝します」

秋水はほんの少し目を見開き、嬉《うれ》しそうに頷いた。

「ぜひ、いただきます」

千景が淹れたカモミールティーを、彼は丁寧に飲んでから微笑んだ。

「美味《おい》しいですね。翠が元気になっていた理由がよくわかります」

「……というと？」

「この花は薬草と言うからには、何かしらの効能があるのでしょう？　おそらくですが、貴女の巫女《みこ》としての力が植物に影響し、効能を強めているのではないでしょうか」

「確かにカモミールは心身をリラックスさせたり、胃腸の調子を整えたりすると言われていますが……」

「翠は悪食が過ぎてよくお腹《なか》を壊していますので、この薬草がよく効いたのだと思います」

彼によれば、わずかながら霊力を回復する力も感じるという。

そういえば駒も、これを飲むと元気になると言っていた。ただのプラシーボ効果だと思っていたのに、月世の住人にそんな効果があったとは。

「美味しいお茶をありがとうございました」

「いえ……お口に合ったならよかったです」

「千景が作ってくれたものなら、なんだって美味しいですよ。たとえ花一本でも」

コーンフラワーブルーの瞳が、艶《つや》めいた光を帯びる。

千景はどこかでこの光を見た気がして、何も言えなくなってしまった。

第二章　見えているもの、いないもの

1

子どもの頃から、何度も見ている夢。

幼い私は見知らぬ場所にいて、うずくまっている大きな大きな、白い生き物に花をあげるのだ。

その白い生き物は金色の瞳でじっと私を見て、低く澄んだこえで、問う。

「おれいになにか、のぞむものはありますか」

私はきまって、こう答える。

「[redacted]」

なにを言ったのか、思い出せたことは一度もない。

※※※

「……で、あっさりこの子を受け入れちゃうんですから。千景《ちかげ》さんもお人好《ひとよ》しですよねえ」

千景の着付けを手伝いながら、駒《こま》が呆《あき》れたように翠《すい》を見やった。しゅ、しゅ、と帯を結ぶ音が心地良い。

「断ったら死にそうな顔をしていましたし……」

「そんなの振りですよ振り！　まったく、旦那様も何を考えていらっしゃるのか」

「でも庭の植物をよく食べてくれるので、増えすぎないで助かってます」

「確かにそれはありますけど……千景さんに甘えすぎですよこの子。私が淹れた薬草茶は飲まないし、わがままにも程があります！」

きっと睨《にら》んだ先で、翠はぷひーと寝息を立てている。先ほど、育ち過ぎたハーブをたっぷり食べて、満腹になったのだろう。

まるっこいフォルムがさらに丸くなっていて、ますますぬいぐるみのようだ。

秋水《しゅうすい》がこの庵《いおり》を訪れてから、十日あまり。翠が加わったことで、千景の日々の暮らしはいっそう賑《にぎ》やかなものとなっていた。

母が出て行ってから、家で誰かとこんな風に過ごすことなどなかったため、最初は随分戸惑ったものの。数日もすれば慣れるもので、最近ではこの賑やかさも悪くないと思い始めている自分に、少々複雑な想いを抱いている。

「はい、できました。とってもよくお似合いです！」

姿見に映る自分の姿を、千景はちらりと見やった。秋水から貰《もら》った着物は、彼女の艶《つや》やかな黒髪と白い肌によく映えていて、確かに悪くはないのかもしれない。

「ありがとうございました。では脱ぎます」

「えっ!? 今着たところじゃないですか」

駒が聞き間違いかといった目で、凝視してくる。

「これで庭仕事したら汚してしまいますし。いただいた以上、一度は袖を通すのが礼儀だと思ったから着たまでです」

「じゃ……じゃあ旦那様をお呼びしましょう！ 喜ばれますよきっと」

「いえ、やめておきます。この程度のことで主神《しゅしん》を呼び出すのは失礼ですし」

「もう……変なところで真面目なんですから……」

がっくりと肩を落とす駒を見ていると、さすがに申し訳なく感じてくる。彼女をねぎらいながら、今度は着付けを教えてもらおうなどと考えていると、庭の方から声がした。

「藍墨《あいずみ》さん。久しぶりですね」

障子を開けた先で、相変わらず不機嫌そうな藍墨が片眉を上げる。

「なんだその恰好《かっこう》は。出かけるのか」

「旦那様がくださったそうですよ。よくお似合いですよね」

駒から事の顛末《てんまつ》を聞いた藍墨は、あからさまに顔をしかめた。

「主神がここに来たのか……」

「このところ毎日のように来ていて、だいぶ迷惑していますが」

秋水から貰った着物を着てみたのも、顔を合わせるたびに「どうでしたか」「今日は着てみましたか」としつこく聞かれるので言い訳を考えるのが面倒になったからだ。

「俺のことは話していないだろうな」

「うっかり口を滑らすほど迂闊《うかつ》に見えますか」

千景のそっけない返しに黙り込むと、彼は憮然《ぶぜん》と縁側へ腰を下ろす。奥で眠っている翠の存在に気づき、驚いたように目を見開いた。

「翠じゃないか。なぜここにいる」

「ああ……秋水さんに押し付けられまして」

「押し付けられた？」

鋭い銀眼に怪訝《けげん》な色が浮かんだ。

「千景さんは花を咲かせるのに忙しいのに、旦那様も何を考えていらっしゃるんでしょうねえ」

いきさつを話す千景に、駒も自然と加わる。最近ではすっかり慣れてしまったのか、藍墨の前でも萎縮しなくなったようだ。

「お前たち……この霊獣の本性《ほんじょう》を知らないんだな」

ため息を吐く彼を前に、二人は顔を見合わせた。

「本性とはなんですか」

「……見せてやれ〝こまどり〟」

「は、はい！」

姿勢を正した駒の身体《からだ》が、淡い光を纏《まと》った。次の瞬間、彼女の姿は消え失《う》せ、代わりに頭部がオレンジ色の綺麗な小鳥が現れる。

「これが駒の本性だ」

『狛鳥《こまどり》のコマドリです。決して冗談を言っているわけではありません！』

驚きのあまり言葉を失っている千景に、藍墨は端的に説明した。

「俺たち月世《つくよ》の住人は便宜上、普段は仮の姿を取っている」

「つまり……本来の姿が別にあると」

「そういうことだ。まあ霊獣は本性そのままの姿を取る個体も多いがな。翠は違う」

人形《ひとがた》に戻った駒は翠を観察してから、信じられないとばかりにかぶりを振る。

「てっきりこのぐうたら姿が本性だとばっかり……」

「主神の連れている霊獣が、ただの癒《いや》し枠なわけないだろう」

「言われてみればそうです……はい」

「それで、翠の本性は何なのですか」

千景の問いに、彼は腕を組みながら。

「〝ある言葉〟で命じると、元の姿に戻るはずだが。まあその時を楽しみにしておくんだな」

「えっその時までお預けですか？　駒は気になって眠れませんよ！」

「主神が話していないことを俺が話すつもりはない」

「藍墨さま酷《ひど》いです！　鬼です！」

「神に向かって鬼とはなんだ」

「じゃあ畜生です！」

「まあ間違いではないな……」

「えっ……そこは認めるんですか……」

神と神使《しんし》のあまりにくだらないやり取りに、千景はつい噴き出してしまう。

気がつくと、目を丸くした二人がこちらを見つめていた。

「あの、何か」

「……千景さん、初めてちゃんと笑いましたね」

「え？」

駒が目をきらきらさせながら詰め寄って来る。

「笑顔とっても素敵です。可愛《かわい》いです！　ぜひ旦那様にも見せてあげてください！」

「いや待て、それは困る」

駒の首根っこを摑《つか》んだ藍墨が、引きはがしながら言いやった。

「そういえば駒、神使長がお前のことを捜していたぞ」

「えっそれを早く言ってください！　すぐに向かいます」

慌てて出ていく駒を見送ると、藍墨はやれやれと息を吐いた。

「まったく、あいつがいると調子が狂う」

「見ていて飽きませんけどね」

それを聞いた彼は千景を睨んだ。

「一応聞いておくが、目的を見失ってないだろうな」

「一分一秒でも早く家に帰るつもりですが」

「ならいい。それで、進捗の方はどうだ」

千景は手首を裏返すと、差し出してみせる。

「庭に植えた植物は、どれも通常では考えられない速さで育っていますが……残念ながら、こちらは変化無しです」

「そうか……あれから俺も花を咲かせる方法を探ってみたが、さっぱりだ」

「もう少し様子を見てみます。それでも駄目なら、他の方法を考えようかと」

藍墨は頷《うなず》くと、「深樹《しんじゅ》殿の方はどうだ」と問う。

「それがまだ会えてなくて」

駒に頼み、大楠《おおくす》のある場所へ定期的に様子を見に行ってもらっているが、宿木《やどりぎ》に帰ってきている様子はないらしい。

聞けば一ヶ月近く留守にすることも多いそうで、あまり期待しない方がよさそうだと千景は思い始めている。

「まああの方は神出鬼没だからな。俺も見かけたら知らせるようにする」

そう言って藍墨は小さくため息を吐いた。今日の彼は不機嫌なことには変わりないが、どことなく覇気が無いように千景は感じている。

「どうしました。尊大不遜な態度がいつもよりマシに見えますが」

「……もう少し言い方を選べ。お前には関係ない」

そこでいったん、口を閉じてから。

「と言いたいところだがな……」

彼は顔をわずかにしかめ、再びため息を吐いた。言うか言うまいか、迷っているのだろう。

「侍女の一人が、先日から調子を崩している。もともとあまり丈夫でないこともあって、長引いていてな」

「ああ……それは心配ですね」

そこで彼は、またもや黙り込んだ。口を開いてはかぶりを振り、苦渋に満ちた表情を浮かべるということを三度も繰り返している。

「面倒くさいので、言いたいことがあるなら早く言ってもらえますか」

「ぐぬ……その……駒から聞いた。お前の淹《い》れた薬草茶が、霊力を回復するというのは……本当か？」

「秋水さんはそのように言ってましたね。淹れましょうか？」

はじかれたように視線を上げた藍墨は、明らかに警戒した様子で千景を凝視する。

「何が狙いだ」

「私は自分の手の届く範囲でしか、人助けをしないと決めていますけれど。ハーブティーを淹れるくらい、なんでもありませんから」

そう言って千景は庭へ降りると、咲いているカモミールを摘んでいく。

ちなみにこのカモミールは最初に植えたものではなく、既に一度育ち切り、採った種から育てたものだ。陽世《あきよ》のハーブたちは（千景の能力によって）あまりに生長が速いため、たった二週間ほどで世代交代が起きている。

藍墨が見守るなか、いつものようにカモミールティーを淹れ、ふと思いつく。

「ああ、ちょうどいいものが」

千景は自分のトートバッグから、ステンレスボトルを取り出した。昔から飲み物代節約のために、常に持ち歩いているものだ。

中は洗ってあるので淹れたばかりのお茶を注ぎ、蓋を閉めて差し出した。

「これだと保温が利きますから。飲む直前に別の器にでも移し替えてください」

受け取った藍墨は物珍しそうに、ボトルを眺めている。

「念のため、毒見します？」

「いや、いい。お前のことを認めているわけではないが、礼儀くらいは知っているつもりだ」

「矛盾している気がしますが、まあいいです。どれほど効果があるかはわかりませんけど、必要であればまた言ってください」

「見返りは――」

「不要です。御覧のとおり薬草は余るほどあるので」

彼はそうかと呟《つぶや》くと、まだ迷いを残す表情のまま庵《いおり》をあとにした。

急に静かになった室内は、初夏のような爽やかな空気に充《み》ちている。

柔らかな風が花やハーブの香りを運んできて、これが普段の日常であれば、どれほどよかっただろう。けれど現実は厳しく、何ひとつ進まないまま時間だけが過ぎていることに、千景は少しずつ焦りを感じ始めていた。

「このままじゃ私、無職ね」

無断欠勤を続けているせいで、バイトはクビになっていることだろう。この調子で公務員試験も受けられず、巫女《みこ》にもなれなければ、自分はただの役立たずでしかない。

そしてなにより。

このまま流されるように秋水と結婚すれば、彼女が最も忌避する状態に陥ってしまう。

それだけは、なんとしても避けたかった。

ため息をついた千景は、とりあえず庭の手入れをしようと立ち上がったところで、気づく。

「……あ、この着物きたままだった」

脱ごうとしたものの、ふと思い立って考え直す。このまま外に出てみようという気になったのだ。

生活や研究に必要なものは駒や藍墨が揃《そろ》えてくれるので、ここへ来てから千景はまだ一度も外出していなかった。どうせ出歩いたところで、好奇な視線を浴びるだけだと思っているのもある。

とはいえまだ会えていない深樹のことも気になるし、今後のために月世や月白《げっぱく》について知っておく必要はあるだろう。

陽世の恰好《かっこう》だと目立ちすぎるので、この方がいいはずだと判断し、思い切って玄関を出てみる。足元に気配を感じ見下ろすと、いつの間にか起きた翠が付いてきていた。

「一緒にいくの？」

「ぷい」

眠そうな目をきりっとさせる翠に、小さく笑みをこぼす。心強いお供だ。

月白殿は秋水や側近たちが執務を行う本殿を中心として、北エリアが主神の住居、東西に他の神々や上級神使の暮らすエリアがあり、南には他の神使や一般住民が生活する街が広がっていると駒から聞いた。

千景が仮住まいにしている庵は東のはずれにあるため、町に出るなら南へ、深樹の宿木がある本殿に行くなら西へいくことになるのだが。

「ひとまず、本殿に向かいましょう」

あの場所にもう一度行くのは少々気が重いが、そうも言っていられない。千景は小さく息を吸い少しだけ気合を入れると、足を踏み出した。

月世に季節はないそうだが、一定周期ごとに天気や気温が変わることがあるそうだ。今は初夏に似た時季で、陽世にいた頃と気温もさほど変わらない。陽《ひ》ざしが強すぎないぶん、外を散歩するには申し分ない天気と言えるだろう。

翠と周辺を散策しながら歩き続け、本殿を取り囲む塀が見えてきたとき、東門の前に座る人影に気づいた。どこかで見たような記憶をたどり、思い出した瞬間、千景は声を上げていた。

「おじいさん？」

「ん？　お嬢ちゃんか、久しぶりじゃのう！」

大山祇神社《おおやまづみ》の前で声をかけてきた、あのおじいさんがにこにこしながら手を振っている。

千景は驚きと混乱のあまり、駆け寄りながら問いかけた。

「どういうことですか。なぜおじいさんがこんな所に」

「そりゃわしの台詞《せりふ》じゃけん。嬢ちゃん、どうやってここへ来たんぞ？」

おじいさんは驚いてはいるものの、ずいぶんと落ち着いている。異世界に迷いこんで途方にくれているわけではなさそうだ。

「それが……私もよくわかりません。気がついたら連れてこられていたので」

「連れてこられた？」

おじいさんは意表を突かれたように瞬きし、ふむうと顎をさすった。何事か思案しているようだったが、千景の後ろにいる翠に気づき。

「もしかして、そこにおるのは翠か？」

「ぷいぷい！」

おじいさんの周りを嬉《うれ》しそうに歩く翠を見て、千景は再び驚いてしまう。

「はっはっは、相変わらず丸いのう」

「あの、おじいさんは一体……」

翠を撫《な》でまわしていた彼は、千景の問いかけを遮るように返した。

「嬢ちゃん、この先に用があったんじゃろう？」

「……はい。深樹さんという方を捜しています」

「おお、あいつを捜しとったんか。いっつもどこかへ出かけとるけんのう、困った奴じゃで」

やはり彼は月世の住人であるらしい。やれやれと肩をすくめながら、興味深そうな視線を向けてくる。

「深樹に会《お》うてどうするんぞ？」

「ちょっと聞きたいことがあるんですけど……。とりあえず、宿木に行ってみます」

「ほんなら、わしも行くわ」

「場所ならわかりますので、大丈夫ですよ」

丁重に断ろうとしたが、おじいさんは「ええからええから」とついて来た。仕方がないので千景は、そのまま大楠へと向かう。

「それにしても、おじいさんが月世の方だとは思いませんでした」

「わしは陽世人《あきよびと》でもあり、月世人《つくよびと》でもある」

そう言いながら軽い足取りで歩くおじいさんは、どう見ても普通の人間にしか見えない。月世の住人はどこかしら『人ならざる』特徴があるので、むしろ新鮮ではあるけれど。

(どちらの世界にも属している、なんてことがあり得るの……?)

もし千景が両世界を行き来したとしても、陽世人であることに変わりはない。もう少し詳しく聞いてみるべきか、考えを巡らせていたときだった。

「あらあら、昼間からこんなところで散歩ですか。随分なご身分ねえ」

前方から歩いてくる細身の女性が、冷ややかな視線を向けていた。おそらく秋水の側近のひとりだろう、良く思われているはずもないので、会いたくない部類の人物だ(一番会いたくないのは秋水だが)。

「おお雫音《しずね》か、相変わらず仏頂面だのう。せっかくの美人が台無しぞ」

「余計なお世話です。貴方《あなた》に用はありません」

おじいさんをねめつける彼女は、手の一部が鱗《うろこ》のようになっていた。茄子紺色《なすこんいろ》の着物を粋に着こなし、すらりと長い体軀《たいく》はまるで蛇……モデルみたいだ。

「お役目が上手《うま》くいかないからといって、主神に媚《こ》びでも売りに来たのかしら。秋水様はお忙しいので、あなたの相手をしている暇などありませんよ」

忙しいなら俺に来ないで欲しいところだが、彼女に言ったところで無駄だろう。というより、秋水が日々千景の元を訪れていると知られれば、何を言われるかわからない。

「私は深樹さんを捜しに来ただけです。どこにいるのかご存じありませんか」

「は？」

雫音はどういうつもりだといわんばかりに、眉をひそめた。余計な質問だったと思い、早々にその場を離れることにする。

「答えたくないなら別にいいです。では」

「ちょっと待ちなさい。私を馬鹿にしているの？」

今度は千景が眉をひそめる番だった。

「私のことが気に入らないのはわかりますが、言いがかりにつき合うほど暇じゃありませんので。失礼します」

「だから待ちなさいって言ってるでしょ！　深樹ならそこにいるじゃない」

「え？」

彼女の視線の先。まさかと思い振り返ると、おじいさんがからからと笑い声をあげた。

「はっはっは悪いのう！　騙《だま》すつもりはなかったんじゃが」

次の瞬間、彼の身体《からだ》を白煙が覆い、中から長身の男性が現れた。

外見年齢は、三十代半ばといったところだろうか。無造作にくくった青緑の髪に垂れ気味の目、ところどころ擦り切れた質素な袴《はかま》は、彼の性格を表しているようにも見える。

「まったく、人騒がせなんだから……」

忌々しげにため息をつく雫音と、唖然《あぜん》となる千景の前で。彼は無精髭《ぶしょうひげ》の生えた顎をさすりながら、にやりと笑いかけた。

「わしが深樹じゃ。なんの用ぞ？」

2

「……とりあえず、状況を整理させてください」

千景は目の前で起きていることに付いていくのが精いっぱいで、彼を問い詰める気にもなれない。

大山祇神社の前で声をかけてきたおじいさんが深樹であり、目の前にいる男性と同一人物であること。彼は月白殿中央に立つ大楠《おおくす》を宿木《やどりぎ》とする、精霊である――というところまでは把握したものの。

「先ほど仰《おっしゃ》っていた『陽世人でもあり、月世人でもある』というのは、どういう意味ですか」

「元々わしは陽世の樹《き》じゃったけど、長《なご》う生きとるうち根が深く張ってなあ。ついに月世にまで届いてしもうたんじゃ」

「……もしかして、大山祇神社の大楠ですか？」

位置的にも樹齢的にも、あの樹しか考えられない。彼はそうじゃ、そうじゃと頷《うなず》いて。

「今は根を通じて、両世界を行き来しとる。さっきの爺《じじい》は、陽世人と話すときに使《つこ》うとる姿じゃ」

彼によれば、依《よ》り代《しろ》に宿る精霊の多くは姿が定まっておらず、自在に変えられるのだという。便利じゃろう？　と得意げな深樹に相槌《あいづち》を打ちつつ。

「そもそもの話なのですが。両世界の往来は、誰でも可能なものなんでしょうか」

「彼が特別なだけ。一部の高位神を除いて、陽世への出入りは許可が必要よ」

すかさず割り込んできた雫音は、どうやら深樹が余計なことを言わないよう監視しているらしい。

「許可があればどうなるんです？　誰かが陽世への扉を開いてくれるんですか」

「主神の許可がでていない貴女《あなた》に、教える必要はないわ」

「わかりました。では今度こそ失礼します」

「ちょっと！　話はまだ終わってないわよ」

引き留めようとする雫音を、ぴしゃりとけん制する。

「私は深樹さんに用があるんです。話があるのでしたら、後にしてください」

忌々しげに睨《にら》みつけてくる彼女を置いて、速やかにその場を後にした。追いかけてきた深樹が、なだめるように呼び止める。

「待て待て。わざと黙っとったんは謝るけん、そう怒るな」

「別に怒ってませんよ」

千景は雫音が追いかけてきていないことを確認してから足を止めた。

「せっかくお話しするなら、宿木のそばでと思ったまでです」

彼女の示した先で、大楠が豊かな枝葉を茂らせていた。陽世でも大きく見事な樹だったが、月世での大きさはとてつもなく、幹の先端が霞《かす》んで見えるほど。

こんもりと美しい樹形を見ていると、子どもの頃、図書館で借りた本に描かれていた世界樹を想起させた。ただそれは全体の半分にあたる南面だけで、残りの半面は葉がほとんどなく、一部は枯死しているように見える。

千景の視線に気づいたのか、深樹は困ったように笑った。

「わしはもう年寄りじゃけんのぅ。これだけ大きな宿木を維持するのは、きつくてな」

確かに長く生きている木は、一部が傷んだり、枯死したりしてしまうことがある。これほど大きな樹であれば、仕方がないことなのかもしれないが。

「ぷいいい」

突然、付いてきていた翠が、ぴょんぴょんと飛び跳ね始めた。

「……え？　登りたいの？」

「ぷい！」

短い手足をめいっぱい伸ばす翠を抱き上げ、足がかりになりそうな部分に乗せてやる。転げ落ちないか心配したが、意外と器用に幹を登っていく。

その様子を見守っていた深樹は、自身の幹に寄りかかりながら改めて千景の顔を覗《のぞ》き込んだ。

「もしかしてとは思うとったが。嬢ちゃん、命花《みことばな》の巫女《みこ》か」

「秋水さんにはそう言われましたね」

その言葉を聞いた瞬間、垂れ気味の目が分かりやすく喜色に染まった。

「そうかそうか！　ほんならついにあの坊主も結婚」

「しません」

「ええ？」

調子はずれな声を上げた深樹は、状況が呑《の》み込めないようで目をぱちぱちさせている。

逃げるように視線を逸《そ》らした千景は、翠を見守りながら枝葉を見上げたところで、ふと気づく。

「あそこの枝、何本か折れてますよ」

「ん？　ああまたチビどもがやったんじゃろう」

「チビども？」

「おおいお前ら、遠慮せんと姿見せんかい」

呼びかけた直後、頭上から複数の声と共に、大小さまざまな影が現れた。

「深樹サマ〜おかえりです〜」

降りて来たのは、金色の毛をしたピグミーマーモセットに似た生き物だった。翠が嬉《うれ》しそうに近寄っていく。

「あらら〜翠クンひさしぶり〜」

「ぷいぷい〜」

どうやらふたりは顔見知りらしく、慣れた様子で挨拶をかわしている。

「おうおうレンギョウ。みな変わりないか？」

「はい～でもマンサクとトキワがけんかして、ちょっとタイヘンだったです～」

「またか。しょうがない奴らじゃのう」

「ふたりともバツがわるくて、隠れていますです～」

話によると深樹の宿木には、さまざまな精霊や霊獣が棲《す》みついているそうだ。

「賑《にぎ》やかなのはええが、しょっちゅう喧嘩《けんか》しよる」

「それで枝が折れてたんですね」

「あれだけ派手にやらかしたのは久々じゃけどな。まあこれ以上枯れるわけにもいかんし、嬢ちゃんちょっと治してくれんか」

当たり前のように頼まれて、千景は面食らった。彼の様子を見る限り、冗談で言っているわけではないようだ。

「ええと……申し訳ありませんが、私にそんな力はありません」

「いやいや巫女ならできるはず……」

そう言ったところで、彼は何かに気づいたような顔になった。重大なことを見落としていたと、言わんばかりに。

「そうか、まだ咲いとらんのか」

「……よくわかりましたね」

「そりゃあな。巫女に会《お》うたのが久々じゃったけん、忘れとったわ」

その言いぶりからすると秋水の証言通り、命花は咲けばひと目でわかるのだろう。千景自身に変化が起きるのか、それとも――

「命花は咲くとどうなるんでしょうか」

「うん？」

深樹はまじまじと彼女を見つめた。ふむ、と顎をひと撫《な》でし。

「どうやら、事情を聞く必要がありそうじゃな」

※

「はっはっは。わしが留守にしとる間にそんな事になっとったとはのう。秋水も無茶苦茶しよるわ」

これまでのいきさつを聞いた深樹は、さもおかしげに腹を抱えていた。遠慮のない笑い声を聞きつけ、樹上から様子を見に来る精霊もいる。

「笑い事じゃありませんし、私はとても迷惑しています」

「すまんすまん。そうじゃな、嬢ちゃんにしてみりゃはた迷惑な話じゃ」

うんうんと頷く彼に憮然《ぶぜん》としつつ、内心では小さく安堵《あんど》する。両世界の住人というだけあって、千景を一方的に非難してくることはなさそうだ。

「まあでも、これで雫音の態度の理由がわかったわ。今の陽世と月世じゃ、価値観が違いすぎとる」

「私の言うことなんて、誰も理解してくれる気がしません」

「陽世は移ろいが早すぎてなあ、月世の住人には付いていかれんのじゃ」

そう言って視線を馳《は》せる横顔は、なぜだか少し寂しげに見え。

「それで嬢ちゃんは、わしに会って何を聞くつもりだったんぞ？」

「先代の巫女について、深樹さんならご存じだと聞いたので」

「ああ、あの娘《こ》のことならよう知っとる。気立てのええ娘じゃった」

藍墨の言っていた通り、やはり彼は知っていた。はやる気持ちが態度に出ないよう、千景は慎重に質問を続ける。

「その方が月世に来て、どれくらいで花が咲いたんでしょう」

「どうじゃったか……確か、祝言をあげるときには咲いとったけんなあ。うん？　それは先々代だったか。いや、でもあのときは……」

「深樹サマはなが〜く生きてるので、記憶がすご〜くあやふやなんです〜」

翠と遊んでいたレンギョウが、困ったように補足する。

「はっはっは、すまんのう。まあ言うても、みな大して時間はかからんかったはずじゃ」

聞けば先代の巫女が月世に来たときは、半年もしないうちに祝言が行われたそうだ。

「陽世でちょうど梅が咲きだした頃じゃったけん、よう覚えとる。ん？　あれは、桜じゃったか……？　いやいやこれは間違いない。たぶん！」

心許《こころもと》ないことこの上ないが、とりあえず歴代の巫女たちは皆、短期間で花を咲かせたと見ていいだろう。今とどれくらい環境が同じだったかはわからないが、条件が揃《そろ》えば難しいことではないのかもしれない。

とはいえ、千景にはどうにも引っ掛かることがあった。

「そもそもの話なのですが。先代は主神との婚姻や巫女であることを、すんなり受け入れたのでしょうか」

その問いに深樹はそうじゃなあと、腕を組む。

「今とは時代が違うけんな、受け入れざるを得んかったというのはあるじゃろう。とはいえ、先代の主神と巫女は睦《むつ》まじい夫婦でな、最後まで仲良う添い遂げとったで」

「……そんなの、わからないじゃないですか」

思わずついて出た言葉に、深樹は片眉を上げた。

「人の心なんて、本人以外知りようがありません。そうするしかなかっただけかもしれません し」

いつもにこにこしていたって、腹の内ではどうやって逃げ出そうか考えていたかもしれない。どれだけ近くにいても、相手の心なんてわかるはずがないのに。

「えらいつっかかるのう」

「……っ」

苦笑を漂わせる彼のまなざしは、こちらを観察しているようで。余計なことを言ってしまった後悔と、自分の内を見透かされるのが怖くて、千景は俯《うつむ》いてしまう。

「まあええわ。嬢ちゃんの質問はこれで終わりか？」

「あ、いえ――」

小さく深呼吸し、肝心な問いを口にする。

「深樹さんは、花を咲かせる方法を知っていますか」

深山色をした瞳が、こちらを見つめていた。

たとえ知っていたとしても、きっと教えてはくれないだろう。そう予感していても、彼のスタンスを確かめておきたかった。

「秋水はどう言うとった？」

「彼も詳しくは知らないそうです。ただ命花は、咲けばひと目でわかる……とだけ」

「そうかそうか、まあわしも正確なところを知っとるわけじゃねえが。月白殿の主が取り交わした〝取引〟の根っこを、わしの一存でひっくり返すのもなあ」

やはりと千景が落胆するより早く、深樹はただまあと顎をさすった。

「仮にわしが話したところで、嬢ちゃんにはどうすることもできんわ」

「それは聞いてみないとわからないと思いますが」

反論した先で、彼はあっけらかんと言い切った。


「今の嬢ちゃんが花を咲かせるのは、難しいな」

胸の奥を鷲摑《わしづか》みにされたように、冷たいものが腹の内に落ちていった。そんな千景を見て、深樹は少しだけ申し訳なさそうに「わしに言えるのはこれだけじゃ」と肩をすくめる。

「……つまり私が花を咲かせるためには、この世界の掟《おきて》に従った修行をするしかないと」

「いや～そういうことでもないんじゃが……」

腕組をして唸《うな》る彼を見ているうちに、千景はあることに思い至った。

「ようやく腑《ふ》に落ちました。秋水さんは私の提示した取引が、最初から成立しないものだとわかっていたんですね」

だから、受け入れたのだ。

だから、微笑《わら》っていたのだ。

(この着物だって……)

どのみち千景が失敗するとわかっていたら、なんの心配もなく渡せるだろう。

裏切られたという気持ちと怒りで、目の前が真っ暗になる。似合っているとおだてられていた自分が、馬鹿みたいだ。

「待て待て。秋水が何を考えとるかはわからんが、成立しない取引をするほど不誠実なやつではない。そもそもあやつは花が咲く条件を知らんのじゃろう?」

「そんなのはどうとでも言えます。嘘《うそ》を言えば済むことですし」

「ええから落ち着け。わしはあやつが子供の頃から知っとるが、多くを語らんのは悪い癖じゃ。けど、嘘は言わん」

「そんなの信じられません!」

思わず声を荒らげたせいで、翠とレンギョウがびくりと体をこわばらせた。けれど千景は湧き上がる黒い感情を抑えることができない。

「こんなことなら、最初から無理やり結婚させられた方がマシでした。期待して裏切られるのはもうたくさんです！」

肩を震わせる千景を、深樹は黙って見つめていた。やがてやれやれと、鼻から息を吐き。

「その気持ち、秋水に直接ぶつけたらええ」

「……嫌です。どうせわかってなどくれませんし」

「あやつは神じゃけん、嬢ちゃんには理解できんことも多いじゃろう。けんどそれは秋水も同じじゃってことは、忘れん方がええ。それとも嬢ちゃんは、今のままでええんか？」

「それは……」

深樹はまるで子供をあやすように、千景の頭をぽんとやる。

「人と神が分かり合うには、時間も手間もかかる。思うことがあるなら、怖がらんと伝えることじゃ」

「私は怖がってなんか……」

「うん？　そうか？」

疑わしげな視線を向けられ、口をつぐむ。

自分の思いや考えを秋水に言いたくないのは、どうせ無意味だという諦観の気持ちからだ。でも本当にそれだけかと言われたら――

考え込む彼女を見て、深樹は「真面目じゃのう」と笑う。

「そういうところは、秋水と似た者同士かもしれんな」

「それはあり得ないと思いますが」

今のところ彼の振る舞いにいい加減さは感じても、真面目さを認めたことはない。深樹は再び笑ってから、ほんの少し声のトーンに重さを乗せた。

「あやつは若くして月白殿の主神を継いでから、ひたすらその務めを果たしてきとる。それこそ命懸けでな」

「命懸け……？」

「それだけ世の安寧を保つのは、簡単じゃないっちゅうことじゃ。まあ嬢ちゃんにしてみれば、どうでもええ話かもしれんがのう」

「……嫌な言い方しますね」

「うん？　違《ちご》うたか。ああまたそんなむくれた顔して、愛らしゅう顔が台無しぞ！」

まるで悪びれる様子のない相手に、千景はため息を吐いた。そろそろ日も暮れてくるし、ここらが潮時だろう。

深樹に帰る旨を伝え、翠を呼び戻そうとしたところで、気になっていたことを思い出す。

「深樹さん、最後にもう一ついいですか」

「お何ぞ？」

「大山祇神社の前で声をかけてきたのは、たまたまですか」

「あん時のことか。わしは時々、ああして陽世の人間に声をかけるのが趣味でのう。嬢ちゃんに声をかけたのも、その流れではあったな」

ただまあと、垂れ気味の目がこちらを見やる。

「嬢ちゃんは面白いもん持っとったけんな」

「面白いもん？」

「あん時返したじゃろう？　気になってつい拝借してしもうて」

思わず息を飲んだのは、すぐにあのお守りのことを指していると気づいたからだ。

「つまり……私のバッグから勝手に取ったと」

「はっしもうた、余計なこと言うたわ」

非難めいた視線を送る千景に、深樹は慌てた様子で袖から何か取り出した。

「すまんすまん！　これやるけん許してくれ！」

差し出された河内晩柑《かわちばんかん》を見て、小さく息を吐き。今度は素直に受け取る。

「まあ深樹さんには相談に乗ってもらいましたし、これで手を打ちます」

「おおそうかそうか！　またいつでも相談に来たらええ！」

「深樹サマ～大して役に立ってないです～」

「レンギョウそういうこと言うたらいかん！　じゃけんど嬢ちゃん、あれの中身はどこで手に入れたんぞ？」

千景は帯の間から、葡萄色《ぶどういろ》のお守りを取り出した。中に入っていた欠片《かけら》を見せた途端、深樹がわずかに目を見張る。

「わからないんです」

「わからん？」

「お守り自体は母から貰《もら》ったものですが、中身について聞いたことがありません。おそらく母が入れたのでしょうが……」

正確には、聞いたかもしれないが記憶にはない。顎をさすりながら唸る深樹に、半信半疑で問うてみる。

「もしかしてこれは、月世のものですか」

「……ああ、そうじゃ。滅多に手に入らんもんじゃな」

しばらく言葉がでなかった。

どうして母が、そんなものを持っていたのだろう。いつどこで、手に入れたのか。そもそも。

「これは一体なんなんですか？」

気がつくと、いつのまにか深樹の姿は消えていた。

3

「すみませんです～深樹サマは都合が悪くなると～すぐトンズラするんです～」

困り果てたレンギョウが、小さな体をぺこぺこと折り曲げた。

「レンギョウさんのせいではないので、気にしないでください」

「はい～また遊びに来てくださいです～」

樹上では他の精霊たちも、手を振っている。ここだけ見れば、平和なおとぎの世界だ。

「翠クンごきげんよう～」

「ぷいぷい～」

大楠《おおくす》を離れ、帰路につきながら千景は上空を仰ぎ見た。青ではない空を眺めるたびに、ここが異世界なのだと突き付けられる。

深樹との話で、すべてが振り出しに戻ったのだと悟った。これまで費やした時間はほとんど無意味だったのだと、徒労感が重く肩にのしかかる。

のろのろと東門へ向かうと、雫音が立っているのが見えた。

「……待ってたんですか」

「勘違いしないで。貴女《あなた》がちゃんと出ていくか、見張っているだけよ」

それはご苦労なことだ。

彼女の傍《そば》を通り過ぎようとしたところで、冷ややかな声が届く。

「深樹と何を話したのか知らないけど、これだけは言っておくわ」

ちらりと視線を向けると、雫音は毅然《きぜん》とした面持ちで言い放った。

「たとえ命花を咲かせたとしても、月白殿は貴女を認めるつもりはありません」

「……そうですか」

「そもそも貴女のような礼儀知らず、巫女《みこ》でなければ秋水様も結婚しようとは思わなかったはず。代わりさえ見つかれば用無しだってこと、覚えておくのね」

そりゃそうだろうと思ったし、代わってもらえるならむしろお願いしたいくらいだ。

けれど巫女としての務めを果たせていない自分が何を言ったところで、負け惜しみにしか聞こえないだろう。千景はぐっと感情をのみ込み、無言で本殿をあとにする。

理不尽への怒りと自分への苛立《いらだ》ちで、心がささくれだっていく。さまざまな感情が入り乱れ、喚《わめ》き散らしてしまいたい気分だ。

いっそのこと、何も抗《あらが》わずにすべてを受け入れたほうが楽になれるのだろうか。たとえ望まない結婚だとしても、秋水は苦労させないと言ったのだから――

「そんなのわからないじゃない」

強くかぶりを振ると、視界が歪《ゆが》んだ。過去の記憶がフラッシュバックとなって、己を戒める。

父は休みになったら、遊園地に行こうと言った。

母は私の誕生日に、ケーキを作ってくれると言った。

父は高校の卒業式に、必ず出ると言った。

母はずっと、一緒にいてくれると言った。

なにもかもが、叶《かな》わなかった。裏切られるたびに傷つき、もう期待することさえしなくなった。

千景は他人に依存しない。

自分の手で摑《つか》んだものだけが、唯一信じられるものだからだ。

(まだ諦めるわけにはいかない)

まだ、すべてが終わったわけじゃない。

この程度で折れるなら、とっくの昔に人生を諦めていただろう。

「――あまり気にしない方がいいですよ」

どこからか聞こえた声に、我に返る。声のした方を振り向くと、柳の陰から見知らぬ男が現れた。

見た目は千景とそう年が変わらないようだが、月世の住人は外見年齢と実際の年齢が一致しないので何とも言えない。濡羽色《ぬればいろ》の着物に身を包み、肩まである同じ色の髪は、まるで刀で切り揃《そろ》えたみたいで。

なにより、目尻に朱を引いた切れ長の双眸《そうぼう》が印象的だった。

「すみません。雫音さんとの会話を、聞いてしまったもので」

「あなたは……」

「僕は神使の昏明《こんめい》と言います。以後お見知り置きを、巫女様」

丁寧に礼をしてみせたあと、中性的に整った貌に気安げな笑みが浮かんだ。

「千景さんと話してみたかったので、お会いできて嬉《うれ》しいなあ」

「……なぜ、私と話してみたいと?」

警戒が顔に出ていたのだろう、彼は少々慌てたようにこちらをうかがう。

「すみません、気分を害しましたか？」

「いえ。ここの住人で私に好意的な方はそういませんので」

「ああ……まあ〝主神の求婚を断ったふとどきもの〟ですしね」

昏明は苦笑しながら、肩をすくめた。

「秋水様は月白殿の住人から絶大なる支持を得ていますし、妻の座を狙う者も多いですから。千景さんは嫉妬されてるんですよ」

「お望みならいつでも代わりますが」

「あはは噂《うわさ》に聞いた通りの方ですね」

愉快に笑う昏明は、千景に敵意があるようには見えない。ただの興味本位で声をかけてきたのだろうかと思ったとき、彼は急に声を潜め、秘密めいた色を目元に漂わせる。

「実はね。公にはなっていませんけど、命花の種を持つ人間はこれまでにもいたんです」

「……え？　どういうことですか。命花の巫女は数百年に一度の周期にしか現れないと
――」

そこまで言ってはっとなる。確かに秋水は数百年に一度とは言ったが、一人だとは言っていない。

「周期ごとの巫女の出現期間は数年とも数十年とも、言われているみたいですけどね。その間に種を宿す人間が複数生まれることは、確かです。でも秋水様は、誰とも結婚しようとはなさらなかった。側近方も理由がわからず、困り果てていたようですけど」

初めて聞いた話に、千景の頭は混乱した。

秋水がここまでして自分を囲い込もうとするのは、命花の巫女が唯一無二の存在だからだと理解していた。もし昏明の言うことが事実なら、そもそもの前提が覆ることになる。

「千景さんが現れて、僕は確信しました。きっと秋水様は、貴女を待っていたんだと思います」

「そんな……信じられません。私を待つ必要なんて、どこにあるんですか」

「それは僕にもわかりませんが――」

ふいに昏明の伸ばした手が、千景の肩をかすめた。その指先には、白い花びらが挟まれている。

「これ、ついてました」

「あ……ありがとうございます」

一瞬、水の匂いが鼻先を通り過ぎた気がした。深い、深い、悠久が横たわる湖の底のような――

「その着物よくお似合いですね。贈った人は、千景さんのことをよくわかってる」

切れ長の瞳が、じっとこちらを見つめていた。そのまなざしに捕らわれていると、自分までどこかへ沈んでしまいそうで、無意識に視線から逃れる。

「そろそろ帰らないといけないので」

「ああ引き留めてしまってすみません。また会えるのを楽しみにしています」

軽く会釈をし、離れようとしたところで呼び止められる。

「気になるなら、本人に聞いてみるのが一番ですよ」

振り返ると、昏明はひらひらと手を振っていた。

その顔に浮かんだ微笑は男にも女にも見えて、千景はどきりとした。

ようやく庵《いおり》が見えてくると、安堵《あんど》すると同時にどっと身体《からだ》が重くなる。

「疲れた……」

本殿へ行って帰って来ただけなのに、一大冒険でもしたかのように、心身が疲弊している。

昏明と別れたあとも、すれ違う人に声をかけられたり、好奇な視線を浴びせられたりして、ずいぶん面倒な想《おも》いをした。どうやら千景がいることを聞きつけ、いつの間にか集まってきていたようだ。

なにより入れ替わり立ち替わりやってくる数多《あまた》の感情に、翻弄されたのが大きい。これからも外出は最低限にしておこうと心に誓う。

重い足を引きずりながら玄関へたどり着き、扉の前に立っている人影を見て、わけのわからない感情が湧き上がる。

ああ、もう。

どうしてこの人は、ここしかないというタイミングで現れるのだろう——

「珍しくいないので、心配しましたよ」

冷たく整った貌に、ほっとしたような色が浮かんだのは、きっと気のせいではないのだろう。

千景の帰りを待っていた秋水は、彼女の姿を見つめ口元を綻ばせた。

「やはりよく似合っていますね。着てくれて嬉しいです」

「あ……これは貴方《あなた》が毎日のように感想を求めてくるから——」

言いかけて、黙り込む。憎まれ口を叩《たた》くことすら、今は面倒だった。

「……どうしているんですか」

「え？」

小首をかしげる彼から、視線を逸《そ》らす。

「私いま、秋水さんにとても会いたくなかったです」

会えばきっと、ぶつけたくなる。

会えばきっと、平気でいられない。

だから今だけは、顔を見たくなかったのに。感情を抑え込むように俯《うつむ》く千景の前で、秋水はしばらく沈黙していた。

ふいに清涼感のある香りがして視線を上げると、コーンフラワーブルーの瞳とぶつかる。

「今から少し、私につき合ってください」

「え……でも、疲れていますし」

「翠、あなたも同行してくれますね？」

「ぷい！」

手を引かれ一方的に連れ出されるも、抵抗する気にもなれない。なにもかもが面倒になっていた。

「どこへ行くんですか」

「街です。まだ一度も行ってないでしょう？」

「ええまあ……」

「せっかくなので、少し遠出します。ここ《月白》だと落ち着かないでしょうから」

そう言って秋水は翠を振り向くと、よく通る響きで呼びかけた。

「〝起きなさい、翠駒《すいく》〟」

次の瞬間、翠の身体が光に包まれ、中から馬に似た大きな生き物が現れた。

青緑の鱗《うろこ》に似た毛で覆われた体軀《たいく》、緑金色に輝くたてがみと、額にまっすぐ伸びる同色の角が目を引く。

「まさか……これが翠の本性《ほんじょう》？」

「ええ。碧《あお》の麒麟《きりん》は、風より早く地を駆けますよ」

啞然《あぜん》となる千景の前で、高らかにいななくその姿は、圧倒的な存在感を放っている。

神々しくさえある風貌を、まじまじと見つめ。

「さすがに仮の姿詐欺ではないでしょうか」

「ぶおん!?」

ショックで瞳をウルウルさせる様子は、確かにあの翠ではあるようだ。跪《ひざまず》く翠に秋水は飛び乗ると、片手を差し出した。

「どうぞ」

「あ、はい……」

手を引かれるまま彼の懐に収まると、なんとも居心地が悪い。横乗りしているせいで相手の顔が近いのが、さらにいたたまれなかった。

「しっかり摑《つか》まってくださいね」

しばしまごつき、渋々秋水の腰に手を回すと、より強く抱き寄せられる。

「ちょっ……」

「少し我慢していてください。振り落とされますよ」

そう言われてしまえば、動くこともできない。彼の纏《まと》う香りがより強く鼻孔をくすぐり、速くなる鼓動が聞こえてしまいそうで、今すぐ降りたい衝動に駆《か》られる。

しかしそんな気持ちは、翠が走り出した途端、すっかり消え失せてしまっていた。

※

「――千景、着きましたよ」

強く閉じていたまぶたを開けると、行灯《あんどん》のほの灯《あか》りが目に飛び込んできた。恐る恐る見上げた先で、秋水がこちらを覗《のぞ》き込んでいる。

あまりの近さに千景が慌てて体を離すと、彼は微笑《ほほえ》みながら。

「どうでしたか？　翠の乗り心地は」

「想像以上に……速かったです……」

あまりのスピードに景色を見る余裕はおろか、気まずいという気持ちすらどこかへ行ってしまった。ひたすら秋水にしがみつき、気がついたらこの場所に来ていたのだ。

「……ここは？」

「月玄区《げつげんく》のはずれです」

説明によると、月世は大きく五つのエリアに分かれているそうだ。秋水が治める月白区から時計回りに月玄区、月蒼区《げっそうく》、月紅区《げっこうく》、月黄区《げつおうく》となっているらしい。

「街に行く前に寄りたい所があるので、もうしばらくこのままでいてください」

翠に乗ったまましばらく進むと、灯籠に囲まれた一帯が見えてきた。辺りは既に暗く、ゆらめくほの灯りの中で浮かぶ大きな屋敷《やしき》を見て、千景は既視感を覚える。

「この感じ……月白殿に似ていますね」

「ええ、月玄殿です。ここの主神に挨拶しておこうと思いましてね」

翠から降りて正門へ向かうと、ゆっくりと門扉が開いた。

「そういえば前から思っていたのですが。月白殿もここも、門番を置いていないんです
ね」

「結界が張ってありますからね。良くないものが入れば、すぐにわかります」

なるほど、そういうものなのか。

気がつくと、翠がふたたびバクっぽい生き物に戻っていた。「乗せてくれてありがとう」

と頭を撫《な》でてやると、満足そうに目を細めている。

本殿の入り口へ出迎えにきた人物が、秋水を見て嬉《うれ》しそうに顔をほころばせた。

「若様！　お久しゅうございます」

「若様はやめてください。主神は在殿していますか」

「ええ、すぐにお越しになると思いますよ」

間もなくして現れたのは、秋水に似た顔立ちをした壮年男性だった。漆黒の髪と金眼を
しているため随分印象は違っているものの、整った造形はそっくりだ。

「秋水か、元気そうだな」

「父上、お久しぶりです」

気安げな様子で挨拶を交わす二人は、親子であるらしい。月玄殿の主神は千景に視線を移すと、ほんの少し目を見開いた。

「このお嬢さんは……陽世人《あきよびと》か」

「ええ。私の花嫁です」

「何⁉」

千景が「違う」と言うより先に、矢継ぎ早な問いかけが飛んでくる。

「いつ月世に来たのだ？　お嬢さんのご両親に挨拶は？　五神へのお披露目は済んだのか？　まさか……祝言をもう挙げたとは言うまいな⁉」

「父上落ち着いてください。お披露目が済んでいないのは、五神の父上が一番よくご存じでしょう」

「いやまあそうだが、なぜもっと早く私に報告せんのだ！　お前の花嫁が来ると知っていれば、もう少し準備のしようがあったものを……」

千景たちを客間に押し込んでから、彼はやれやれとため息を吐いた。

「いや失礼したね、お嬢さん。私は月玄殿の主神、冬雪《とうせつ》だ。息子が世話になっている」

今さら婚約者でないと言い出せる雰囲気でもなく、千景は仕方なく自己紹介を済ませる。

「ほぅほう、千景さんというのか。可愛《かわい》らしいお嬢さんじゃないか、母さんが生きていたらさぞ喜んだろう」

　すっかり破顔した冬雪は、最初の威厳ある風体はどこへやら、くだけた調子で語り出す。どうやら息子が婚約者を連れて来たことが、嬉しくて仕方ないようだ。

「こやつはなかなか結婚しようとしなくてね。月白殿からもしょっちゅう相談を受けていただけに、胸を撫でおろしたよ」

「父上、余計なことは言わないでください」

「事実を言っただけだろう。まったく私がどれだけ胃の痛い思いをしたか……おや千景さんどうしたんだい？　何か考え込んでいるようだけど」

「あ、いえ。月白殿の先代主神が、秋水さんのお父さまかと思っていたもので……伝統やしきりたりを重んじる場所ほど、世襲が当たり前だと思っていただけに、少々意外だった。

「ああ確かに五月殿の主神は世襲が主だが、月白殿は特殊でね。ある能力を発露した者しか就くことができないんだ」

　冬雪の話によれば、月白殿の先代主神が退いたときに、最も適した者が後継者として選ばれるという。当時、数名の候補者から満場一致で白羽の矢が立ったのが、秋水だったそうだ。

「息子には私の跡を継いでもらいたかったんだがなあ。これぱっかりは仕方ない」

残念そうに言いつつも、冬雪の顔には誇らしげな色がありありと浮かんでいる。秋水は聞きなれているのか、その言葉に反応は示さず千景を振り向いた。

「ではそろそろ行きましょうか」

「あ、はい」

彼に促され席を立つと、冬雪が目を丸くする。

「なんだもう帰るのか。ゆっくりしていけばいいだろう」

「今日は街に行くついでに寄っただけです。正式な婚約もまだですから、諸々《もろもろ》の挨拶はまた後日ということで」

淡々と返す秋水に、再びやれやれと嘆息してから。冬雪は改めて向き直り、真剣な面持ちになった。

「千景さん」

「はい」

「息子をよろしく頼む。少々面倒な質《たち》だが、亡き妻に似て一途《いちず》な男だ。貴女《あなた》のことを必ず大切にする」

頭を下げる冬雪に、千景はお辞儀を返すことしかできなかった。二人が出ていくのを、彼はいつまでも見送っていた。

4

参道を無言で歩く広い背に、千景はぽつりと投げかける。

「外堀を埋める作戦ですか」

「バレましたか」

振り向いた秋水は、冷たく整った貌に悪戯《いたずら》めいた笑みを浮かべた。

「ここ数年、父からの見合い話に辟易《へきえき》していましたので。助かりました」

「油断も隙も無いとはこのことです」

憎まれ口を叩《たた》きながら、千景は月玄殿の灯篭を見上げた。漏れ出した灯は優しげで、温かくさえある。

「……よいお父さまですね」

「ええ。少々過保護ですが、それなりに良く育てられたと思っています」

「羨ましいです。私には無かったことだから」

つい漏らした本音に、秋水は立ち止まった。

「貴女のご両親は――」

「父は死にました。母はどこで何をしているのかわかりません」

ほの灯りの中、蒼《あお》の双眸《そうぼう》がじっと千景を見つめていた。気高く美しいその色が眩《まぶ》しくて、胸が苦しくなる。

「ご両親のこと、聞かせてもらえませんか」

「あまり話したくありません。楽しくありませんし、こんな話」

「千景のことは、どんなことでも知りたいのです」

「なぜですか。お飾りの花嫁のことなんて、どうでもいいでしょう」

次の瞬間、手を引かれた。驚いて顔を上げると、秋水はいつになく強いまなざしで問いかける。

「お飾りなどと、誰が言ったのですか」

「い……言わなくてもわかります。命花の巫女《みこ》でなければ、私なんて用無しですし」

「私がそう言いましたか？」

「それは――」

詰問めいた口調に、千景はそれ以上何も言えなくなってしまう。秋水は黙ったままこちらを見つめていたが、やがて手首を握る力がふっと緩くなった。

「……とりあえず、美味《おい》しいものでも食べにいきましょうか」

歩き出した彼の後ろで、千景はほっと息を吐く。摑《つか》まれていた手首がまだ少し、じんとした。


初めて出歩いた月世の街並みは新鮮で、少し懐かしい気がした。

陽世とは明らかに違う雰囲気なのに、立ち並ぶ建物や売られているお菓子などは、どこかで見た姿形をしている。古いものと新しいものが入り混じったような、下町の素朴さと都の華やかさが混在しているような、なんとも不思議な街並みだ。

「千景、あのお菓子食べてみますか」

「この簪《かんざし》、貴女に似合いそうです」

「何か欲しいものはありませんか」

秋水は千景を連れまわし、隙あらば何か買い与えようとする。なんとかそれらをかわしつつ、宵の町の華やかさをほんのりと味わう。

月世の住人は夜に活動している者も多いのか、想像以上の賑《にぎ》わいだ。

「あっ……」

通行人にぶつかり、秋水とはぐれそうになる。咄嗟《とっさ》に手を伸ばし、彼の袖を引いた。

「はぐれないよう手でも繋《つな》ぎますか？」

「結構です。……でも、袖は掴ませてください」

しどろもどろに頼むと、彼はおかしそうに笑った。

「好きなだけ掴んでください」

しばらく歩いたところで、気になる出店を見かけ足を止めた。陶磁器で作られた食器が売られているのだが、その中で色とりどりの絵付けがされた、蓋と受け皿つきの茶碗《ちゃわん》が目に留まる。飲み口の部分が大きく広がっているデザインで、ハーブティーを淹《い》れるのによさそうだ。

「欲しいのですか？」

「あ、いえ……こういう形だと薬草茶が淹れやすそうだと、見ていただけです」

「確かにそうですね。私もこれで飲みたいですし、買いましょう」

ここで断ったところで、秋水はまた別の物を買い与えようとするだろう。だんだん面倒になった千景は、必要経費の現物支給として割り切ることにした。

「でしたら何客かお願いできませんか。駒さんにも差し上げたいですし、来客用にも必要ですし」

「庵《いおり》に私以外の来客があるのですか？」

その問いかけに、千景は言葉に詰まってしまう。さすがに藍墨のことを話すわけにもいかない。

「今後のことも考えてです」

「……あの場所に人を招くのは構いませんが、気をつけてくださいね。良くないものが入りこまないように」

秋水は少々不満げな様子だったが、複数の茶碗を購入することに同意してくれた。

「私が使うものは、千景が選んでくれますね？」

「え……」

有無を言わさぬ圧を感じ、千景は渋々柄を選び始める。薄造りの碗には花や植物が繊細なタッチで描かれており、見ているだけで心躍る。

その中にひとつ、目を引かれるものがあった。

「これ……矢車菊」

碗の側面や蓋に絵付けされた、青の花々。描き出されたコーンフラワーブルーの美しさに、しばし見入ってしまう。

「これなんかどうでしょうか」

「ええいいですね。気に入りました」

秋水は嬉《うれ》しそうにそう言うと、矢車菊が描かれた、デザイン違いの一客を手にする。

「千景はこれにしましょう」

「さりげなくペアカップにするのやめてもらえますか」

そうは言ったものの、この絵柄と色が千景もすっかり気に入ってしまっていた。

結局秋水の選んだものを千景用にして、駒にはオレンジの金蓮花《きんれんか》が描かれたものを選ぶ。

残りはいくつか気に入ったものを包んでもらうことにした。

「これもいいですか」

少し大きめの深皿。野葡萄《のぶどう》が描かれており、葉とつるの間に紫や藍、ターコイズブルーや浅葱色《あさぎいろ》の実がしなやかに描かれている。

「良《い》い絵柄ですね。二人で使うのによさそうです」

「いえ、翠にちょうどよさそうなので」

「ぷいぷい!」

嬉しそうにぴょんぴょん飛び跳ねる翠に、秋水は複雑そうな表情を浮かべるのだった。

そろそろ食事をと秋水に案内されたのは、落ち着いた雰囲気の料亭だった。出迎えた女将《おかみ》は彼と顔見知りらしく、軽く挨拶を交わすと離れの個室に通される。

「昔よく家族で来ていたんです。ここなら落ち着けますから」

確かに街の中心部から少し離れているので、辺りは静かだ。翠は中庭で遊んでいるので、実質二人きりなのが少々気になるが、空腹には勝てない。

「疲れたでしょう。楽にしてください」

「そうさせてもらいます」

一日歩き続けたせいで、千景の足はもうぱんぱんだ。着物姿で行儀が悪いと思いつつ、しばらく畳の上で足を伸ばす。

そうするうちに料理が運ばれてきた。見たところ、陽世で食べる懐石料理のようなラインナップだ。

「月世の料理は、陽世のものと似ているんですね」

「そうですね。互いに影響を受けつつ、独自の発展をしている……といったところでしょうか。変遷の早い陽世ほど、変化に富んでいるわけではないのですが」

月世の料理は全体的にくせがなく、優しい味わいだ。ハーブやスパイスを使ったものはほとんど出てこないため、千景が作るハーブティーや料理が珍しいのだと駒も言っていた。

しばらく食事をしながらたわいのない会話をしていると、今日あったことが走馬灯のように浮かんでくる。

「千景、見てください」

秋水に言われ視線を中庭へ移すと、釣り灯篭で淡く照らされるなか、青く発光する蝶《ちょう》が舞っていた。翅《はね》をひるがえすたびに蒼銀の鱗粉《りんぷん》が散らされ、とても幻想的だ。

「綺麗《きれい》ですね……月世にしかいない蝶ですか」

「ええ、空鏡蝶《くうきょう》といいます。生息地が限られているので、珍しいですよ」

ひらひらと舞う蝶たちは気ままに飛んでいるようで、自分の在るべき場所がわかっている。あんな風に軽やかに生きられたら、どんなにいいだろう。

蝶を見つめているうちに、ふいに言葉が漏れた。

「……私に何が足りないんでしょうか」

秋水がこちらを振り向く気配がした。千景は中庭に視線を留《とど》めたまま。

「深樹さんに言われました。今の私では花を咲かせるのは難しいと」

「……そうですか」

彼はそれ以上、何も言おうとはしない。

千景の内で、複雑な感情が入り乱れていた。

秋水に対する不信感や怒りがある一方で、なぜか一緒にいると心のどこかが安堵《あんど》するような、抗《あらが》いがたいものが湧き上がってくる。

咲かない花。一人ではなかった巫女。

摑まれた手首の痛み。

語られない、多くのこと。

あまたの心の動きは千景を翻弄し、くすぶっていたものを押し出す。

「秋水さんは、知っていたんじゃないんですか。この取引は最初から成立していないものだと。私が期限内に花を咲かせるのは無理だと、わかっていたんでしょう？」

「前にも言いましたが、私は花が咲く条件を詳しく知っているわけではないのです」

「ではなぜ、あの時笑ったのですか」

千景が受けて立つと言ったとき。彼は確かに、微笑《わら》っていた。

「あれは──そうですね。白状してしまうと、自信があったからです」

「自信？」

「貴女《あなた》との取引に勝つ自信です。ですがそれは、千景が考えているような理由ではありません」

どういうことだと問う視線に、秋水はよく通る響きで告げた。

「きっと貴女は、思い出すと思ったから」

言葉の意味がわからず、千景は一瞬放心した。

秋水は何も言わず、ただじっと観察するようにこちらを見つめている。

思い出す？　一体何を。

もしかして自分は、何か大事なことを忘れているのだろうか——

「知りたいですか？　貴女に何が足りないのか」

気がつくと、コーンフラワーブルーの瞳がすぐ傍《そば》にあった。白磁に落とされた蒼玉《そうぎょく》のように、冷たく綺麗な双眸《そうぼう》。

そこに帯びた熱が、頰に触れた彼の指先が、千景の頭を痺《しび》れさせる。

「もし千景が望むなら——」

「や……やっぱりいいです」

逃げるように秋水から離れ、かぶりを振る。

「あの質問は忘れてください。貴方《あなた》に聞くなんて、どうかしていました」

早鐘を打つ鼓動が収まらず、千景は彼の顔を見ることができない。秋水はその場でしばらく沈黙してから、静かに問いかけた。

「今も私と結婚したくないという意志に、変わりはないのですね」

「……はい」

「そんなに私のことが嫌ですか？」

思わず顔を上げると、彼は傷ついたような悲しげな色を湛《たた》えている。

「秋水さんだから嫌ということではありません。相手が誰であろうと答えは同じです」

「……そういえば貴女は、結婚に良い印象がないと言っていましたね。訳を聞かせてもらえませんか」

「貴方にはわからないと思います」

「千景」

微動だにしない視線にぐ、と言葉をのみ込み、うなだれる。

膝の上の拳を握りしめ、絞り出すように呟《つぶや》いた。

「……いつか壊れるくらいなら、家族なんて最初からいない方がマシだから」

胸の奥が重く締め付けられるようだった。心の内をさらすことは、彼女にとって酷《ひど》く勇気のいることだから。

「やはりご両親のことが、影響しているのですね」

秋水の言葉に頷《うなず》いてから、千景は自分の生い立ちについてぽつぽつと語り始めた。

幼い頃は、父も母もいて幸せだったこと。そのうち父がギャンブルにはまり、家計が苦しくなっていったこと。

大好きだった母がそんな父に愛想を尽かし、出て行ってしまったこと。

その後も父が作る借金が理由で、まともな生活を送ってこれなかったこと。

そしてその父も亡くなり、高校卒業を前にひとりになってしまったこと。

「父がギャンブルにはまらなければ。母が私を連れて行ってくれていたら。何度そう思ったか、わかりません」

どうしてと何度も自問自答し、そのたびにどうにもならない虚《むな》しさに襲われてきた。

「母は優しい人でしたが、弱い人でもありました。父に頼らなければ生きていけないから、出て行くしかなかったんだと思います」

自分を置いていったのも、とても育てられる状態ではなかったからだろう。頭でそう理解していても、納得はできなかった。

本当に最後まで手を尽くしたのか、あらゆる可能性を模索した上での決断だったのか。

ただ面倒になっただけではないのか。

そう考えるたびに黒い感情に支配されるのが、嫌で嫌で仕方なかった。

「私はもう、両親のことで振り回されたくないんです。そのために努力を続け、もう少しで目標が叶《かな》うところまで来ました。大山祇神社を訪れたあの日、母との思い出を手放すことで、過去と決別するつもりだったんです」

あの日は彼女が新たな人生を歩み始める、節目となるはずだった。別の意味で新たな人生を歩むことになるとは、夢にも思わなかったけれど。

千景は改めて秋水に向き合い、はっきりと告げる。

「私はこれから先、自分の足で人生を歩んでいくつもりです。誰にも期待しないし、頼るつもりもありません」

母のようにはなりたくなかった。

なにより期待しなければ、頼らなければ、これ以上傷つくこともない。

「だから秋水さんと結婚することはできません」

秋水は長いこと千景を見つめていたが、やがて小さく吐息を漏らした。その表情に失望の色は感じられず、なぜか安堵に近いものに見え。

「話してくれてありがとうございます。貴女があれほどまで結婚を固辞する理由が、ようやく分かった気がします」

そう言って彼は酒盃《しゅはい》に口をつけてから、淡く微笑した。

あえて反論も感想も言ってこないのは、千景にとってありがたかった。何を言われたところで、きっと「貴方にわかるはずがない」と思っていただろうから。

「よかったら、私の家族の話も聞いてくれますか」

意外な申し出だったが、素直にうなずく。秋水は盃《さかずき》を飲み干してから、ゆっくりと庭園に視線を移した。

「私には年の離れた兄がいました。もうずいぶん前に亡くなりましたが」

その話は初耳だった。

彼によると秋水の兄は優秀で人柄も良く、周囲からの人望や期待を一身に集めていたそうだ。

「兄が生きていれば、月白殿の主神には彼が選ばれていたでしょう。そんな兄のことを私は敬愛し、憧れてもいました」

それだけに亡くなったときの周囲の悲嘆は、相当なものだったという。秋水自身も標《しるべ》として いた相手を喪《うしな》い、一時は塞ぎこんでしまったそうだ。

「お兄様はどうして……」

「不慮の事故だったと聞いています」

失った一族の希望を引き継いだのが、まだ幼かった秋水だった。

彼は口にこそ出さなかったが、相当なプレッシャーだっただろう。まるで異なる環境で生きてきた千景でも、それくらいはわかる。

「兄の代わりに月白殿の主を継いだとき、私は誓いました。決して『兄だったら』とは言わせないと。そのせいでたびたび無理をしてしまい、周囲には心配をかけたと思います」

「……そういえば駒さんが、最近は頻繁に〝門〟が現れて、月白殿が窮地に陥っていると言っていましたが」

「困りましたね。黙っておくようにと言っておいたのですが」

苦笑する秋水に、千景は眉根を寄せる。

「彼女はそれ以上の話はしていません。ですがなぜ黙っておく必要があるんですか、私にも関係ある話のはずです」

「今の貴女には荷の重い話だと思いましたから」

「それは私が決めることです」

きっぱりそう言い切ってから、少々ばつが悪くなった。

「……でもお互い様ですね。私も大事なことを貴方に黙っていたんですし」

相手の気持ちを勝手に決めつけて、言わなかったのは同じだ。千景は改めて彼に向き直ると、背筋を伸ばした。

「私にこの世界のことを、教えてくれませんか」

「千景は真面目ですね。そういうところが可愛《かわい》いのですが」

「そういうのはいりませんから」

秋水はおかしそうに笑うと、「わかりました、話しましょう」と頷く。

「〝侵蝕《しんしょく》の門〟は、月世の各地に突如として現れる、歪《ひずみ》のようなものです。一説には異界へ通じているとも言われますが、発生理由など詳しいことは分かっていません」

現れた門は霊的エネルギーを吸収しながら、徐々に侵蝕を広げていくそうだ。のみ込まれた地は植物が育たなくなり、最終的には死の地になってしまうという。

「もし月世の住人が侵蝕に巻き込まれれば、早いうちに死に至ります」

「……それは、どうすれば止まるんですか」

「門の中心にある核を壊すしかありません。破壊には特殊な能力が必要ですから、できる者は限られているのですが」

その能力を有している者が、代々月白殿の主神を務めているのだそうだ。門の破壊には多大な霊力を必要とし、規模が大きければ大きいほど、破壊者の負担も増すという。

主神が命花を必要としているのも、そういった理由からだろう。

「私を含め歴代の主神は門が現れるたびに、対応にあたってきました。ですがこれまで誰にも壊せなかった門が、いくつか存在しています。その影響は年々深度を増し、鏡合わせになっている陽世にも及ぶようになって久しいですね」

「陽世に影響というと……砂漠のようなものでしょうか」

年々広がっている死の地といえば、他に考えられない。

「その通りです。陽世の気候変動も相まって、最近は影響の速度が速まっていると聞いています」

そういった事情もあり、門が発見された際はなるべく早く破壊することが求められるそうだ。自分たちの知らないところで、そんなことが起きていたとは想像もしていなかった。

「その……最近門が頻繁に現れていると聞きましたが。秋水さんは、大丈夫なんですか」

「そうですね。まったく問題無いとまではいきませんが……私の部下はみな優秀ですし、なんとかなっています」

秋水はじっと千景を見つめながら、「それに」と口を開いた。

「以前のような無理は、しないと決めています。約束しましたから」

吸い込まれそうなほど深い蒼の双眸が何を語りかけているのか、千景は知るのが怖くてつい視線を手元に落とす。

彼の話によると、ある出来事をきっかけに、危ない橋を渡ることは止めたのだという。

その代わりに能力の精度を高めることで、最小限の負担で最大限の成果を出せるようになり、結果的に以前よりも対応できる範囲が広がったのだそうだ。

「といっても、私の目指すところにはまだまだたどり着かないのですが」

そう話す秋水の口調は穏やかながらも、現状にまったく満足していないのが感じられる。

千景はこれまでの話を反芻《はんすう》しながら、ある可能性にたどり着いていた。侵蝕の門が霊的エネルギーを吸収し、生命が育たない死の地へと変えてしまうのならば——

「あの、もしかしてですが。私の巫女《みこ》としての力は、侵蝕された地の復興に役立ちますか」

「ええ。長く蝕《むしば》まれた地を蘇《よみがえ》らせられるのは、命花の巫女だけです」

はっきりと肯定され、思わず身震いした。

自分の力がそれほどまでに月世へ影響を与えるものだとは、思いもしなかった。今となってみれば、秋水が『荷が重いだろうから』と黙っていたのも分からなくはない。

けれどやはり、このことは知るべきだったと彼女は思う。自分がなぜ連れてこられなければならなかったのか、月世の人々がなぜあれほどまで巫女の出現を喜んだのか。

そして深樹から聞いた『秋水が命懸けで使命を果たしてきた』という言葉の意味が、ようやく理解できたからだ。

「……秋水さん。私、できるだけ早く花を咲かせますね」

千景の中にある「咲かせたい」という気持ちがより強く、そして形を変えつつあるように思えた。今までは自分のためにという想《おも》いだけだったが、それだけではない何かが――

「それはとてもありがたいのですが……私は少々困ってしまいますね」

「なぜですか。秋水さんだって命花が少しでも早くあった方がいいでしょう」

千景を見つめていた秋水は、困ったように微苦笑をにじませる。

「――まったく、貴女《あなた》は本当に自覚がないから困る」

座卓に身を乗り出した彼は、千景の瞳を覗《のぞ》き込むように顔を傾けた。

「千景、これだけは言っておきます。私は貴女との結婚を諦めてはいません」

「えっ……」

「貴女の想いは理解したつもりです。ですが、私にも譲れないものはありますから」

あまりにまっすぐな視線に耐えられず、千景はかわすように昏明に言われたことを問うてみる。

「なぜそこまで私にこだわるんですか。命花の種を持つ人間は他にもいるのでしょう」

「……どうしてそれを？」

「そんなことはどうでもいいです。話をそらさないでください」

向き合った先で、秋水は目を見開いたまま沈黙していた。その様子を見る限り、どうやら昏明の証言は事実であるらしい。

「秋水さん？」

「……今はまだ、言えません」

意味が分からない。秋水も重々承知しているのだろう、千景が何か言うより早く言葉を重ねた。

「千景。誓って言いますが、私は最初から成立しない取引を結んだつもりはありません。もし貴女が期限内に花を咲かせ、それでも私との結婚を望まないのであれば、潔く諦めます」

「……もし、秋水さんが勝ったら？」

「そのときは――」

深い蒼《あお》の中で、金で縁取られた瞳孔が光を帯びた。

「たとえ何が起きようとも、貴女を私の花嫁にするつもりです」

あまりに迷いのない答えは、千景に衝撃をもたらすとともに、ある事実をつきつけた。

理由はわからないが、千景が強く結婚を望まないのと同等かそれ以上に、秋水は二人の結婚を望んでいる。冷たい相貌の内にある熱情めいたものが、はっきりと彼女の中で輪郭を露《あら》わにした。

このことが今後、どのように影響するかはわからないけれど。

「……信じられないくらい頑固ですね」

「お互い様でしょう？」

微笑《ほほえ》む秋水に、やれやれと吐息を漏らす。言葉を重ねたことで、二人の意見が平行線のままであることが、改めてはっきりした。互いに譲るつもりがないことも。

とはいえ、徒労感は感じなかった。ずっと燻《くす》ぶらせていた疑念や感情を、吐き出せたからだろう。

「そろそろ、夜も更けてきましたね。帰りましょうか」

暗がりのなか、転ばないようにと差し出された秋水の手を、迷いつつ取る。

辺りはひと気が無く、静かだった。空鏡蝶が舞う小路《こうじ》を、二人はしばらく何も言わず歩いてゆく。

「……秋水さんはいつか、残された門を破壊するつもりなんですね」

きっと、彼ならそうするだろう。繋《つな》がれた手に、すこしだけ力がこめられる。

「ええ。それが兄の夢でもありましたから」

命花が咲けば、その夢を叶《かな》えてあげられるのだろうか。そう考えている自分に少し驚きながらも、嫌な気持ちはしない。

今後の展望はまったく見えないはずなのに、なぜか千景の心はなだらかだった。分からなかった秋水の内が、少し見えたからかもしれない。

「今日はご馳走様《ちそうさま》でした」

「楽しかったですか？」

「……それなりに」

彼がふっと笑むのがわかった。ちらりと隣を見ると、一片の乱れもない横顔が、宵空を見上げている。

月白殿への帰り路《みち》は、だいぶゆっくりに感じられた。翠の背で揺られているうちに、千景は眠りに落ちていく。

清涼な香りも、抱き寄せる腕も、今だけは心地よいものに感じられた。

第三章　一日花《いちじつか》

1

翌朝は、駒《こま》の来訪で目覚めた。

「千景《ちかげ》さんがこんな時間まで寝ているの珍しいですねえ。昨晩はお疲れだったんですか？」

「ちょっと外出していたもので」

「えっもしかして……旦那様とですか？」

渋々頷《うなず》くと、駒は分かりやすく瞳を輝かせた。不覚にも昨夜は眠りに落ちたまま、秋《しゅう》水《すい》にこの庵《いおり》へ送り届けられたらしい。

「あのお着物凄《すご》く似合ってましたから、旦那様喜ばれたでしょう？　駒も嬉《うれ》しいです！」

そういえば昨日着ていた着物は、今朝見るとちゃんと衣紋掛《えもんか》けにかけられていた。（誰が脱がしたかは考えないことにした）

根掘り葉掘り聞きたがる駒に、翠《すい》に乗って月玄区《げつげん》へ行き、秋水の父親に会ったことや街を歩いたことを簡単に話す。

「まさかあのぷいぷいが麒麟《きりん》さまだったなんて……」

粗変わらず縁側で寝ている翠を、駒はあり得ないものを見るように凝視した。

「まるで別生物でした。でも確かに元のままだと大きすぎてここには入れませんしね」

「信じられない……あの麒麟が……嘘《うそ》だ……」

いまだぶつぶつ言っている駒に苦笑しつつ、千景は木几《つくえ》の上に置かれた、見覚えのある紙袋に気づく。

昨夜、月玄の街で秋水と選んだ〝食器〟だ。

「そういえば、蓋碗《がいわん》を買ったんでした。ここで使うのにちょうどよいと思いまして」

包みを開け、青の矢車菊が描かれたものを取り出してみる。暗がりで見ても十分綺麗《きれい》だったが、陽の光の下で見ると、白磁に描かれた青がより際立って美しい。

「あっ、いいですね！　絵柄も綺麗ですし、薬草茶を淹《い》れるのによさそうです」

「私もそう思って、何客か購入していただきました」

開封を手伝ってくれていた駒が、ふと気づいた表情になる。

「この二つは同じ花が描かれてますし、旦那様と千景さんのですか？　すごーく素敵です！」

「お揃《そろ》いは不本意ですが、素敵なのは同意します」

矢車菊のペアカップ（と呼びたくはないが）を大事そうに並べた駒は、次の包みを開けて手を止める。鮮やかなオレンジの金蓮花《きんれんか》が描かれた一客だ。

「わあ……これ素敵ですね。凄《すご》く良《い》い色……！」

「気に入りました？」

「はい！　私これ好きです」

「よかったです。それは駒さんのですよ」

「えっ？」

瞳をぱちくりとさせる彼女に、千景は頷いてみせる。

「いつもお世話になっていますから。差し上げます」

駒は一瞬呆《ほう》けたように沈黙してから、再びカップに視線を落とした。

「……本当に、いいんですか？」

「駒さんに合うと思って選びましたから」

彼女はカップに描かれた花を見つめ、そっと手で包む。千景を振り向くと、ふにゃりと笑んだ。

「ありがとうございます。こんなに嬉しい贈り物は、初めてです」

「……大袈裟《おおげさ》ですよ。それに私のお金で買った物ではありませんし」

「駒のために選んでくれたのが嬉しいんです。大切にしますね、千景さん」

そういえば秋水も、千景が選ぶことにこだわっていた。大したことではないと思っていたけれど、想像以上に喜んでくれる駒を見ていると、確かに悪い気はしない。

衣紋掛けにかけられた着物が、目に入った。

自分のために選ばれた一着が、以前は重たいとしか感じていなかったけれど。今は少し、ほんの少しだけ、眺めていたいような気持ちが心の片隅に見え隠れしている。

その変化が気のせいだと思いたくて、ついかぶりを振った時だった。

「千景さんそれ……！」

目をまん丸に見開いた駒が、千景の左手を凝視している。はっと手首の紋を確認すると、昨日まで確かに無色だった花弁が一枚、青く染まっていた。

「いつの間に……」

もしかして昨夜、秋水が何かしたのだろうか。試しにこすってみても、色が落ちることはない。間違いなく、紋そのものが色づいているのだ。

「やりましたね千景さん！　一歩前進ですよ」

千景の手を取り喜ぶ駒に、曖昧に頷く。

「どうしたんですか？　あんまり嬉しそうじゃありませんけど」

「そういうわけではないんですが……紋が色づいた理由が分からないので」

深樹《しんじゅ》には『今の嬢ちゃんが花を咲かせるのは難しい』と言われたばかりなのに。一体なにが影響したのか分からなければ、再現性があるのかすら分からない。

「きっとこれまでの努力が実ったんですよ。今日はお祝いですね！」

「いえ。花が咲いたわけではありませんし、お祝いするほどでは」

「うう……千景さんは本当に真面目なんですから」

がっくりと項垂《うなだ》れる駒をなだめつつ、内心ではやはりほっとする気持ちがあった。

この先も順調にいくかはわからないが、まったく見通せなかった状況が動いたのは大きい。昨日の冒険も、あながち無意味ではなかったと思えてくる。

ふと、開け放っていた縁側から、よく知った香りが流れてきた。千景は庭へ出ると、ここに来て最初に種を植えた場所へ向かう。

「ああやっぱり、河内晩柑《かわちばんかん》の花が咲いてますね」

この一ヶ月弱ですっかり生長した苗木は、彼女の身長くらいになっていた。

艶《つや》やかな新緑の合間に、白い星形の花があちこちで開いている。目立つ花ではないが、清楚《せいそ》な佇《たたず》まいが千景は好きだ。

「蜜柑《みかん》の花って本当にいい香りですよねえ。駒も大好きです」

「ええ。私もです」

ジャスミンに似た上品で甘やかな香りは、どの芳香花にも引けを取らないと感じている。

「せっかくですし、少し摘んでシロップにしましょう。そうすれば長く楽しめますから」

「駒もお手伝いします！」

二人で摘んだ花を軽く水洗いし、ざるに上げておく。水と砂糖を入れた鍋を火にかけてシロップを作り、そこに花を加えてひと煮立ちさせた。

「あとは花ごと、清潔な容器で保存するだけです。コーディアルシロップと呼ぶんですが、水や炭酸で割って飲んでもいいですし、お茶やお菓子の香りづけにも使えますよ」

「ふわああいい香り……！　駒は天にも昇る想《おも》いです」

「ぷいいいい……！」

うっとりする駒の隣で、いつの間にか起きて来ていた翠が、眠そうな目を輝かせていた。

「あっこの子ちゃっかり目を覚まして！」

「ぷい？」

「翠も起きたみたいですし、摘んだ葉と花でお茶にしましょう」

蜜柑の新葉と花を使った、フレッシュハーブティー。新しく買ったカップで淹れると、より美味《おい》しそうに見える。

ひと口飲めば芳醇《ほうじゅん》な香りと優しい味が広がり、自然と気持ちも華やいでいく。

「あ～美味しいしいい香りだし、疲れも吹っ飛びます～」

「ぷぃぷぃ～」

「いやあんた心労とか絶対ないでしょ……」

「ぷぃぃ？」

翠を半目で見やる駒は、心なしか肌艶がよくなっているように見える。確かにネロリ（蜜柑花）はストレス緩和だけでなく、肌の新陳代謝を促すため、美容に良いとは言われているが……

「お花がこんな風に使えるなんて、知りませんでした。千景さんは本当に物知りですね」

その言葉を、千景は複雑な思いで聞いていた。

お金が無くて食事すらままならなかった頃、学校の図書館で借りた本で野草が食べられることを知った。以来、様々な草花の食べ方を調べて実践するうちに、自然と知識が身についていった。コーディアルシロップのことも、その過程でたまたま知ったのだ。

「生活のためにやむなく得た知識ですから……大して役にも立ちませんし」

「何言ってるんですか！　私たちこんなに癒《いや》されてるのに」

「ぷいぷい！」

「でも実際、私は巫女《みこ》としての役目を何ひとつ果たせていませんから」

そう口にしてしまうと、蓋をしていた焦燥感が再び頭をもたげた。秋水の使命や夢を聞いたがゆえに、何もできない自分を歯がゆいと感じ始めている。

自分はこのままでいいのか、これから何をすべきなのか——

駒が口を開きかけたとき、玄関の方で呼びかける声がした。迎えに出た彼女の驚いた声が、こちらにまで届く。

「真白《ましろ》さま！　どうしてこちらに？」

玄関先に現れた着物姿の美少女に、千景は思わず見入ってしまった。

陶器のように白い肌、黄水晶のような切れ長の大きな瞳。純白の髪と同じ純白の獣耳がぴん、と立っており、同色のふさふさした尻尾が眩《まぶ》しい。

「貴女《あなた》が千景さまでいらっしゃいますか？」

「あ……はい。そうです」

部屋に招き入れ向かい合わせで座ると、少女は黄水晶の瞳でじっと千景を見つめてから、丁寧に礼をした。

「わたくし真白と申しまして、月白殿《げっぱく》で侍女をしております。昨日は兄さまを通し、お世話になりました」

「兄さまというと……もしかして、藍墨《あいずみ》さん？」

色こそ違えど、藍墨に姿かたち（主に耳と尻尾が）が似ていると感じていた。彼女はええと頷《うなず》くと、手にしていた風呂敷《ふろしき》包みから見覚えのあるステンレスボトルを取り出した。

「兄さまには薬だと言われましたが、大変香り良く滋味溢《あふ》れたお茶でしたわ。おかげさまで、すっかり体調もよくなりましたの」

「それはなによりです。藍墨さんも心配してましたから」

聞けば真白はどうしても、お茶を淹れた相手にお礼を伝えたかったそうだ。

「兄さまは誰からとは言いませんでしたけれど。わたくしの目と鼻はごまかされませんわ」

「目と鼻……？」

ええと頷いた真白は、手にしたボトルを慈しむように見つめた。

「兄さまの居ない隙に家探しいたしまして、隠し持っていたこの入れ物を見つけましたの。匂いを追跡しましたら、ここへ辿《たど》り着きましたわ」

おっとりと微笑《ほほえ》む彼女に、駒と顔を見合わせる。儚《はかな》げな見た目に騙《だま》されそうだが、なかなかに癖が強そうだ。

「千景さま。わたくし、これはいけると思いますの」

「え？」

「千景さまの力は、このようなところで燻《くす》ぶらせてよいものではありませんわ。もっと世に広めるべきもの」

急に詰め寄って来た純白の少女は、しなやかな指で千景の手をきゅうっと握る。

「わたくしに、千景さまをぷろじゅーすさせてくださらない？」

しんと、その場が静まり返った。

もの凄い目力で見つめられ言葉を失っていると、駒がかくりと小首を傾《かし》げる。

「ぷろじゅーす？ってなんですか？」

「陽世《あきよ》ではそう言うのでしょう？　わたくし、千景さまをもっともっと輝かせてみせますわ」

「おそらくプロデュースのことだとは思いますが……。特に私は輝きたいと思っていないので」

「ええ!?　そんなのありえませんわ！」

真白は手を握ったまま、ぶんぶんとかぶりを振る。

「主神《しゅしん》の花嫁さまには、誰よりも輝いていただかないと！」

「それは駒も同意です！」

「だから花嫁ではないと……」

鼻息荒い少女が二人に増え、なんだかもうわけがわからない。

「藍墨さんはなんと言ってるんですか。彼は私と秋水さんの結婚に反対しているはずですが」

「兄さまに話すわけありませんわ。金剛石《ダイヤモンド》より硬い石頭ですもの」

けっと言い捨てた真白に、駒もうんうんと賛同する。

「千景さんを認めないとか、あり得ないですよほんと」

「ぷいぷぷ！」

いつの間にか翠まで加わり、千景の抵抗はもはや風前《ふうぜん》の灯《ともしび》だった。（だいぶ藍墨が気の毒でもある）

とはいえ、今は真白の申し出を受け入れられる状況でもない。

「私はまだ花を咲かせていませんし、月白殿に認められてもいませんから。お気持ちだけで十分です」

そう断ると真白は再びじいっと千景を見つめてから、居住まいを正した。

「千景さま。わたくしいただいたお茶を飲んだとき、わかりましたの。これを淹《い》れてくださった方は、きっと強くてお優しくて——臆病な方」

思わず顔を上げると、切れ長の瞳がやわらかく笑んだ。

「秋水さまが千景さまを選ばれた理由が、分かる気がいたします」

その言葉に、なぜか胸が締めつけられる思いがした。騒ぎ出した感情を振り切るように、千景は立ち上がる。

「せっかく来てくださったんですし、お茶でも淹れますね」

「お心遣い感謝いたします。ぜひいただきますわ」

河内晩柑の葉と花で淹れたハーブティーを、真白は感激しながら飲んでいた。やはり駒の時と同じように、肌艶がみるみる良くなっていくのが分かる。

「やはり千景さまの育てた植物には、特別な効能があるようですわね。わたくしますます、月世《つくよ》に広めたいですわ」

黄水晶の瞳が鋭く光った気がするが、気のせいだと思うことにした。お土産に先ほど作った花シロップを渡すと、彼女はとても喜んでくれた。

「千景さま。すぐにお返事をとは申しませんので、わたくしの提案を今一度お考えいただけましたら」

「……わかりました」

「また遊びに来てもよろしいですか？」

頷いてみせると、それはそれは愛らしい微笑みを見せ、帰っていった。

「よかったですね、喜んでいただけて」

共に見送った駒の言葉に、千景は頷きつつ。

「ええ……ですが困りましたね。今の私は真白さんの期待に応えられるわけではありませんし」

「そんなこと、真白さまは気にしていないと思いますよ。今の千景さんを、慕っていらっしゃるようでしたし」

「でも……」

「もー千景さん！　陽世人《あきよびと》なのに頭が固い！」

くるりとこちらに向いた駒は、ずいいっと迫って来た。

「巫女さまのお役目は、花を咲かせることだけですか？　駒はそうは思いません。今の千景さんにできることだって、たくさんあるはずです。もっと自信をお持ちになってください！」

千景はぱちぱちと瞬きしてから、しばらく黙り込んだ。やがて憑《つ》き物が落ちたように、長い吐息を漏らす。

「……駒さんの言う通りですね。私、どうかしてました」

自分にできることなんて、元から限られている。そんなのは初めから分かっていたことで、だからこそ自身の能力を見極め、確実に手が届く道を選んできたはずなのに。

突然降ってわいた『使命』があまりに大きくて、自分の信念まで曇らせてしまっていたようだ。

「これまで通り、今できることをやるしかありませんよね。少し考えすぎていたみたいです」

駒のまっすぐな言葉で、すっかり目が覚めた。

これまでの人生、思い通りにいったことなんて何ひとつ無いのだ。今さら、何を焦る必要があるのだろう。

「私の能力と知識をもっと活《い》かす方法がないか、考えてみます。駒さん、付き合ってくれますか」

「もちろんです！」

駒の嬉《うれ》しそうな笑顔が、千景の背中を押してくれる。彼女たちに何かしてあげられたら――そんな想《おも》いがよりはっきりと形になっていくのを感じ始めていた。

2

それから一週間ほどの間に、千景の周囲は急に賑《にぎ》やかになってきた。

どうやら真白がネロリ（蜜柑《みかん》花）シロップを周囲の人に勧めたらしく、その効能と香りが評判を呼び、お忍びで庵《いおり》を訪れる住人が現れ始めたのだ。

「最近よく眠れないのよ。どうにかならないかしら」

「それでしたら、蜜柑の花とカモミールをブレンドするのがいいかもしれませんね。定番のラベンダーもお勧めですよ」

「あらどれもいい香り。あなたのお勧めで配合してくださる？」

背中に蜻蛉《かげろう》の羽が生えた女性は、千景が調合した薬草茶を受け取ると、上機嫌で帰っていく。

ここ最近で分かったことだが、月白殿の住人は美容と健康に熱心な者が多く、効果さえあれば千景の評判など気にならないらしい。

「水面下でちゃっかり『千景さん普及活動』を推し進めているんですから……真白さま、侮れませんね」

駒の言葉に、おっとりと微笑む純白の少女を思い浮かべつつ。

千景は庭の手入れの傍ら、草花を使ったお茶やシロップを日々作り続けていた。何となく始めたことではあったものの、誰かに喜んでもらえるのはやはり嬉しいものだ。

その一方で、この状況を望んでいない者もいる。

「なぜこんなことに……」

様子を見に来ていた藍墨は事情を知り、蒼白を通り越して気絶しそうな顔色になっていた。いつもはぴんと張った耳も、すっかり寝てしまっている。

「なぜと言われましても。妹さんに聞いてくださいとしか」

「真白がここへ来るなど想定外だ。まさか俺の留守中に家探しされていたとは……」

「藍墨さま、脇が甘いんじゃないですか？　真白さまだからよかったものの、千景さんに敵意を持つ相手だったらどうするんです」

「ぐぬ……」

いつになく辛辣な駒に返す言葉が無いのか、藍墨は珍しく狼狽《ろうばい》していた。このことが秋水に知られやしないか気が気でないのだろう。

すっかり萎《しお》れた様子を見ていると、さすがに気の毒になってくる。

「とはいえ真白さんが回復されていたのは、よかったです」

「あ、ああ……。それについては礼を言う。その……助かった」

「彼女また遊びに来ると言ってましたよ」

「なんだと!?」

今日の藍墨は表情がころころ変わって別人のようだ。

「もちろん断ったんだろうな？」

「断る理由ありますか？　真白さんは真白さんでしょう。本人の意思は尊重すべきです」

「いやお前……俺の立場がだな」

そこでやりとりを聞いていた駒が、ずいっと詰め寄った。

「もー藍墨さまいい加減、千景さんを認めたらどうですか？　真白さまを助けていただいたのに、失礼にも程がありますよ！」

容赦ない指摘に、彼は苦虫を嚙《か》み潰《つぶ》したような表情になった。何事か口を開こうとするのを、千景は即座に遮る。

「いいえ、認めてもらっては困ります。まだまだ藍墨さんには、協力者でいてもらわなければなりませんから」

「む……」

「私はまだ、自分の人生を諦めていませんので。一歩前進したことですし、これからもよろしくお願いします」

わかったと呟《つぶや》いた藍墨の隣で、駒はいまだ不満そうだったが、「千景さんがそういうのなら……」と渋々引き下がる。

「それより駒さん、薬草と花を収穫してきてもらえませんか。ここ最近、生長がさらに早まったようで追いつかないんです」

「わかりました、お任せください！」

籠を手にぱたぱたと庭へ降りる背を見送りつつ。藍墨はちらりと千景を見やった。

「そういえば、紋が一枚色づいたと言っていたな。その影響か？」

「おそらく、としか言えませんが。薬草茶の効能もより強くなっているようですね」

紋が色づいた理由は分からないままだが、千景の中の種が成長すると共に、力も強まることがはっきりした。命花《みことばな》が咲いたときは一体、どれほどの能力になるのだろう。

「重畳だ。主神の考えがどうであれ、開花が早ければ早いほど、月白殿の利になる」

「その月白殿の方には、たとえ花が咲いても私のことは認めないと言われましたけどね」

雫音《しずね》の冷ややかな目を思い出し、少々気分が重くなる。ああいった視線には慣れているとはいえ、平気というわけではない。

「神々を前にあれだけの態度でいたのだから、当然だ。主神の崇拝者ほど、感情的にお前を受け入れられないだろう」

「藍墨さんもそうなんですか？」

視線を返すと、彼は一瞬黙り込んでからはっきりと告げた。

「俺は主神に当代……いや、歴代随一の存在であってほしいと思っている。そのために必要ならばどんなことでもやり遂げるし、受け入れるつもりだ。もしお前が主神にとって最適だと証明するなら、躊躇《ちゅうちょ》なく認める。そこに俺の感情は関係ないし、ましてや周囲の反応など知ったことではない」

憮然《ぶぜん》とした語り口だが、そこには秋水に対する強い思い入れが感じられた。藍墨がここに来たのは単に千景が気に入らないからだと思っていたが、少し違うのかもしれない。

「逆に、悪影響にしかならないのであれば――」

こちらを見下ろす銀眼が、鋭利さを増した。

「悪いが、命の保証はできない」

「……相変わらず一方的で失礼極まりない言い分ですが。はっきりしていて良いですね」

いつもの仏頂面に戻った彼は、不機嫌そうに言いやる。

「褒めるか、貶《おとし》めるかどっちかにしろ」

「褒めているんですよ。秋水さんが貴方《あなた》を信頼するのも、分かる気がします」

千景や秋水に譲れないものがあるように、藍墨の中にも芯となる何かがあるのだろう。

結局のところ、皆それぞれが自分の信念とエゴをぶつけ合い、押し問答を続けている。

最初に事態を動かすのが誰なのか、今はまだわからないけれど。

すっかり疲れ切った様子の藍墨が庵をあとにして、程なく意外な人物が現れた。

「どうもこんにちは～」

「あなたは……昏明《こんめい》さん」

先口声をかけてきた神使《しんし》が、にこにこと玄関口に立っている。今日も刀で切り揃《そろ》えたような髪と、目尻に引かれた朱が印象的だ。

「覚えていてくれたんですね。嬉しいなあ」

「よくここがわかりましたね」

「〝花嫁様〟の噂《うわさ》はどこにいても耳に入りますからね。新しい評判もちらりと耳に挟みました」

要するに、真白繋《つな》がりということだろう。月白殿の神々だけでなく、彼のところにまで話が広がっているとは。

「あれっお知り合いの方ですか？」

庭から戻ってきた駒が、昏明のいる玄関を覗《のぞ》く。

「ええ。この間外出したときにちょっと」

「昏明といいます。貴女《あなた》が駒さんですか、噂通り可愛《かわい》らしい方ですね」

「えっ!?……そんな噂嘘《うそ》ですよね？」

疑わしそうな目で見やる駒に、昏明は「そんなことないですよ」と微笑《ほほえ》む。

「千景さんの傍《そば》にいる方たちは、良くも悪くも注目されますし」

「まあ最近他の神使からの視線が痛いし、嫌みも言われますけどね」

そうだったのか。いつも彼女が明るいせいで、そんな苦労をしているとは知らなかった。

よく考えれば分かるはずなのに、自分のことばかりに意識を向け過ぎていたせいだ。

申し訳なく思う千景に、駒は慌てたように付け加える。

「あっ言っておきますけど、全然気にしてませんよ！　駒はここでお手伝いできることが、嬉しいんですから」

「へえ～随分懐かれてるんですねえ。さすが千景さんだなあ」

感心する昏明を、駒はじろりと睨《にら》む。

「ちょっと。一度会ったくらいで、千景さんを知った気にならないでくれる?」

「あはは駒さん辛辣だなあ」

ここ最近、駒は庵を訪れる相手を警戒するようになっている。特に男性に対しては顕著なのだが、そんな駒の塩対応にも、昏明はまったくめげる様子はない。

「それで、昏明さんはどうしてこちらに?」

「そうだそうだ。この子たちが千景さんに頼みたいことがあるようですよ」

昏明が両手を軽く上げると、両袖からモモンガに似た生き物が顔をのぞかせた。大きさ的には、翠より一回り小さいくらいだろうか。

二匹ともそっくりな見た目だが、右袖にいたほうが先に口を開いた。

「ボクはトキワ。こっちはマンサク」

「オレはマンサク。トキワはこっち」

「えっと……双子?」

駒の言葉に同時に声が返ってきた。

「ちがう」「ちがう」

「同種の物から生まれた精霊だから、姿がよく似ているんですよ」

昏明の言葉に千景はなるほどとうなずきつつ、その名前には聞き覚えがあった。

「もしかして、深樹さんの宿木《やどりぎ》に住んでいる方ですか」

「そう」「そう」

やはりそうだった。あの時姿は見なかったが、レンギョウが口走った名が千景の知っている植物の名前（常磐《ときわ》万作）と同じだったので、覚えていたのだ。

「お二人はどうしてこちらへ？」

「ボクとマンサク、けんかした」

「オレとトキワ、深樹のえだ折った」

「ああ、あの時の……」

深樹に会ったとき、確かに宿木の枝が一部、派手に折れていた。こんな小柄な子たちが折ったとは、一体どれほど派手な喧嘩《けんか》をしたのか。

トキワとマンサクは大きな目を、揃ってしょんぼりさせる。

「深樹、気にするなといった。でも……」

「折れたえだ、もどらない。だから……」

二匹は揃って、声をあげた。

「えだ、なおしてほしい」

「お茶のめば、えだなおる？」

「残念ながら、深樹さんはお茶を飲めないんですよ。樹木ですから」

昏明の言葉に、二匹は分かりやすく項垂《うなだ》れた。彼曰《いわ》く、いくら外見が人の形をしていても、元が植物である木精は、飲食することができないそうだ。

「すみません。今の私では、深樹さんの枝を元通りにすることはできないんです」

千景は謝りつつ、ふと、以前本で読んだことを思い出した。

「ただ、もしかしたら……傷の治りを早くすることなら、できるかもしれません」

「ほんとう？」「ほんとうか？」

「そんなことできるんですか？」

昏明の問いかけに、「やってみないとわかりませんが」と返しつつ、千景はトキワとマンサクを交互に見やった。

「二人とも、手伝ってくれますか」

「もちろんやる」「やるもちろん」

「僕もお手伝いしますよ」

「ありがとうございます。では昏明さんには揃えて欲しいものがあるんです」

駒が来客対応をしてくれるというので、千景は昏明に買い出しを頼み、トキワとマンサクを連れて薬草を摘みに行く。

「摘んで欲しいのは、ミントとレモングラス、あとはタイムもお願いします」

「つむ」「つむ」

ひと通り摘み終わり、軽く水洗いして水気を飛ばしたハーブを、すり鉢でペースト状にしていく。爽やかな香りが部屋いっぱいに広がり、その香りに釣られて翠も起きてくる。

すべてのハーブをすり終わる頃には、昏明が戻って来た。

「これでよかったですか？」

「はい。月世にも材料があってよかったです」

頼んでいたのは、「にかわ」だ。動物の骨や皮などを煮た液から採れるもので、天然の接着剤として使用される。

「こんなもの、何に使うんですか」

「癒合剤に使います」

癒合剤とは、樹木の切り口を保護するためのものだ。病原菌を防いだり、傷口の治りを早めたりする効果があるため、デリケートな樹木の剪定《せんてい》には欠かせない。

「にかわには防腐や除菌効果があるので、陽世でも昔は癒合剤として塗っていたそうです。私はここに、殺菌や滋養効果がある薬草を混ぜてみようと思います」

「あ、そうか。千景さんが育てたものなら、効果が高いだけじゃなく、霊力も回復するんでしたよね」

なるほどと手を打つ昏明に、首肯しつつ。

「どれほどの効果があるかは、わかりませんが。試してみる価値はあるんじゃないかと」

皆が見守るなか、液状に戻したにかわに薬草ペーストを加えていく。綺麗《きれい》な緑色の癒合剤が出来上がった。

「できた、きれい」「できた、いいにおい」

くるくると回るトキワとマンサクへ、千景は出来上がったばかりの癒合剤を差し出す。

「これを、枝の折れたところに塗ってください」

「僕も一緒に行ってきますね。結果を楽しみにしておいてください」

出ていく三人を見送り、千景はほっと一息つく。

ここのところ毎日のように誰かの依頼を受け、そのたびに知恵を絞っている自分が、なんだか不思議だった。陽世にいるときにはなかったことだ。

「お疲れ様です。千景さん、少し休憩しませんか？」

タイミングよく、駒がお茶菓子を持って声をかけてきた。千景はそうですねと頷《うなず》き、台所の戸棚に入れておいた蓋つきの籠を取り出す。

「駒さん、よかったらこれ食べてみませんか。昨日試しに作ってみたんです」

薄い和紙の上に並べたものを見て、駒の表情がぱっと華やぐ。

「わ……このお菓子、お花がとじ込められてます……！」

五百円玉くらいの平べったい飴《あめ》を、駒はつまんで陽にかざす。透明な飴の中には小さな気泡とともに、スミレや撫子《なでしこ》、矢車菊などの花弁が閉じ込められている。

「飴に食用花を入れて固めてみました。これだと日持ちしますし、見た目も可愛いかなと」

「すっごくいいと思います！　お土産にもできますし」

「ぷいぷい！」

目ざとくやってきていた翠も一緒に、おやつタイムを楽しんでいたときだった。

先ほど出ていったばかりの昏明が、再び姿を現した。随分急いでやってきたのか、微《かす》かに息が上がっている。

「どうしました？　忘れものですか」

「違います。千景さん、今すぐ来てください」

「え？　でも今お茶を……」

「いいからいいから！」

半ば引っ張られるように庵《いおり》を出た千景は、仕方なく彼に付いて歩いていた。方角からするに、おそらく本殿へ向かっているのだろう。

「もしかして……深樹さんの宿木に、良くないことでも起きました？」

「その逆ですよ。見てもらった方が早いですから」

月白殿の東門をくぐり、間もなくして人だかりができているのに気づく。どうやら大楠《おおくす》の周辺を取り囲んでいるようで、こちらに気づいた一人が声を上げた。

「巫女《みこ》様だ！」

その瞬間、全員の視線が千景に集中した。怖気《おじけ》づきそうになるのをぐっとこらえ、昏明の誘導についていく。

周囲が見守る中、大楠を見上げるまでもなく言葉が漏れた。

「嘘《うそ》……」

青々と茂る大楠を前に、千景は続く言葉を失っていた。派手に折れていた枝の傷口は、塞がるどころか新芽があちこちから吹き出ている。

なにより一番驚いたのは、ほとんど枯死していたはずの半身までもが、新葉を芽吹いていることだ。

「あの薬を言われた通り塗ったら、あっという間にこうなりました」

昏明は感心を通り越して、半ば呆《あき》れたように笑う。

「正直驚きましたよ。千景さんを疑う声なんて、これで一発だ」

「ちかげありがとう」「ありがとうちかげ」

樹上から降りて来たトキワとマンサクが、千景の周りをくるくる回る。続いて降りて来たレンギョウが、ぺこりとお辞儀した。

「ちかげさま～マンサクとトキワからききました～。留守の深樹サマにかわって～お礼もうしあげます～」

その様子を見ていた月白殿の住人が、口々に言いだす。

「やはり巫女様の力は本物だ」

「主神の目は確かだったのね」

「これで月白も安泰だ」

取り囲む人々の多さ、目まぐるしく変わる視線や声に、千景はどう反応して良いかわからなくなっていた。

この目で大楠が治癒するところを見ていないせいだろう、本当に自分の力がやったことなのか、確信が持てないでいる。元々慎重な性格も相まって、昏明の言葉も精霊たちの礼も、素直に受け取れないのだ。

「この騒ぎはなんですか！」

甲高い響きに、辺りは静まり返った。声のした方から歩いて来たのは、数名の侍女を引き連れた雫音だ。

千景の存在に気づいた彼女は、あからさまに不快な表情を浮かべる。

「またあなたなの。このような騒ぎを起こして一体どういうつもりです？」

「千景さんは深樹様の宿木を治してくれたんですよ」

昏明の言葉に雫音はちらりと大楠を見やってから、ふんと鼻を鳴らした。

「巫女ならこれくらいできて当然です」

「え……」

「そもそも彼女はまだ命花も咲かせていないのだから、本来の使命は何ら果たせていない状態。慈悲深い主神にかこつけて、タダ飯を食らいながらぬくぬくと暮らしていることをお忘れかしら」

その言葉に周囲がざわつき、こちらに向けられた視線が淀《よど》み始める。雫音は冷ややかに千景を見下ろした。

「こんなことをして、自分を売り込んでいるつもり？　こそこそとみっともない」

「そんな言い方ないでしょう。千景さんは、頼まれてやったことなんですから」

「そうだボクがたのんだ」「そうだオレがたのんだ」

反論する昏明たちに、雫音はくすりと笑んだ。

「成程、貴方《あなた》たちが共謀者ということね」

「共謀者？　何を……」

「最近、妙な噂《うわさ》を耳にしたわ。彼女の〝良い評判〟ばかりが、急に広がり始めたと」

そう言って彼女は千景と昏明を交互に見やり。

「さすが、たぶらかすのがお上手なのね」

周囲のざわつきが大きくなる。怒りを露《あら》わにする昏明たちに、雫音はぴしゃりと言い放った。

「貴方たちのこと、覚えておきます。月白殿で暮らせなくなったときに、後悔するのね」

睨《にら》まれたトキワとマンサクは、ぴゃっと飛び上がって樹上に戻っていった。つっかかろうとする昏明を、千景は遮る。

「やめてください。すぐ出ていきますから」

「でも……」

「こんな風に注目されるのは、嫌なんです。使命を果たせていないのは、事実ですから」

千景はそう言ってから、雫音に向き合った。

「今回のことは彼らの依頼を超えて、私が勝手にやったことです。出過ぎた真似《まね》をしてすみませんでした」

「さっさと出ていきなさい。ここは貴女《あなた》が居て良い場所ではないわ」

雫音に一礼し、背を向け出ていこうとする手を、昏明が摑《つか》んだ。

「すみません、千景さん。僕が連れて来たせいで」

「昏明さんは悪くありません。だからもう、かばったりしないでください」

こちらを見つめた昏明の瞳が、苦しげに曇る。

雫音に反論できない自分が悔しかった。

ここのところ庵を訪れる人の依頼を受け、感謝されることが続いていたせいで、心のどこかで勘違いしていたのかもしれない。自分が役に立っているのではないかと。

でも実際は大したことなどできておらず、今回のことも偶然上手《うま》くいっただけで、千景が養われているのに変わりはない。

今のままでは秋水の夢を叶《かな》えるどころか、こうして周囲の軋轢《あつれき》を生むだけの存在だ。

(そもそも私なんかが誰かを助けるなんて、おこがましい話だった)

これまでずっと、自分の生活を守ることだけで精一杯だった。それなのに誰かの役に立とうと、欲張ろうとするから、こういうことになる。

——恥ずかしい。

今すぐ、この場から消えてしまいたい想《おも》いに駆られる。

今の顔を誰にも見られたくなくて、走り出そうとしたときだった。


「どうしました」


どこからか聞こえた声に、昏明の手が離された。

「秋水様……！」

そう呟《つぶや》いた雫音の顔が、一瞬で蒼白《そうはく》になる。全員の視線が向いた先に、南門からやってくる複数の人影が見えた。中央に立つのは、藍墨ほか数名の侍従を連れた秋水だ。

「なぜこちらに……今日は陽世の視察に行かれたものとばっかり」

「急遽《きゅうきょ》予定が変わった」

藍墨の短い返答に、雫音は言葉を失っている。近づいて来た秋水は、冷艶としたまなざしで周囲を沈黙に陥らせてから、千景に向けて口を開いた。

「千景、大丈夫ですか」

「秋水さん……」

顔を見られたくなくて、ただ俯《うつむ》くことしかできない。何も言わず立ち尽くす彼女を見て、秋水は雫音に視線をやった。

「何があったか、説明してください」

その声は千景が聞いたことのないほど、冷ややかなもので。

秋水のあまりに冷厳とした様子に、誰も言葉を発せないでいた。何か口にするだけで逆《げき》鱗《りん》に触れそうな、びりびりとした緊迫感が辺りをのみ込んでいる。

「誰か、話せる者はいないのですか」

「わ、私はただ……この騒ぎを収めようと」

「騒ぎ？」

氷のような視線に、雫音はひるむが、ぐっとまなざしに力を込めた。

「主神、この場でお聞きしたいことがございます。なぜその人間の野放図をお許しになるのですか。月白殿の者は主神のお考えが分からず、みな困惑しております」

「彼女は命花の巫女であり、私の花嫁になるひとです。それ以上の理由がありますか」

「命花の種を持つ者は、他にもおります。神への輿入《こしい》れを拒むような恥知らずを、主神ともあろうお方が譲歩してまで迎え入れる理由をお聞かせください！」

辺りは再び、静まり返った。

月白殿の住人たちは、主神が何を言うのか固唾《かたず》をのんで見守っている。千景はどうすればよいか分からず、秋水の傍らで呆然《ぼうぜん》としていると、ふいに腕を引かれた。

「下がっていろ。今の主神はすこぶる機嫌が悪い」

藍墨に後方へ追いやられ、仕方なくそこから見守ることにする。直後、秋水が小さくため息をついた。

「――まったく、私も見くびられたものですね」

発せられた言葉の意味がわからず、雫音を始め周囲は戸惑いの表情を浮かべている。

「主神が選んだ花嫁は、恥知らずですか。誰に対して物を言っているのでしょうね」

「い、いえ私はそういうつもりでは……」

狼狽《うろた》える雫音を見下ろし、秋水はそれはそれは美しく、凍《い》てつくほどの冷たさで微笑《ほほえ》んだ。

「花嫁への侮辱を、私が許すとでも思っているのですか」

そう投げかけた刹那、雷鳴が唸《うな》るように駆け抜け、ひいっと悲鳴があがる。

表情が消え去った秋水は雫音に歩み寄りながら、問いかけた。

「千景があなた方に何か迷惑をかけましたか？」

「そ、それは……」

「かけたかと聞いているのです」

稲妻が空を走り、つんざくような轟音《ごうおん》を立てる。震え始めた雫音が、その場に崩れ落ちそうになったときだった。

「なんじゃあ？　えらいゴロゴロ言うとるのう」

南門に現れた人物を見て、千景は内心でほっとする。全員の視線が集中するのも構わず、深樹がのんびりした調子でやってきた。

「大勢集まって何しよんぞ。祭りか？」

「深樹殿……帰られたのですか」

藍墨の言葉に、彼はつやつやした顔色でおうと頷《うなず》いた。

「陽世でうろうろしとったら、急に活力がみなぎってきてのう。もしや宿木《やどりぎ》になんぞあったんかと、見に来たんじゃが……おお⁉」

大楠《おおくす》を見上げた深樹は、目玉が飛び出そうな勢いで驚いている。

「どうしたんぞ、これは。えらいことになっとる‼」

「いや気づくの遅……」

藍墨が半目になる傍らで、深樹は慌てた様子で周囲を見渡し、千景に目を留めた。

「この間ぶりじゃのう、嬢ちゃん！　もしかしてこれ、嬢ちゃんが治してくれたんか？」

「ええと……たぶん」

「たぶん？」

「深樹サマ〜いまは〜それどころではないです〜」

レンギョウのツッコミに深樹は片眉を上げると、改めて周囲を見渡した。秋水がやれやれといった調子でため息をついている。

「……もしかして、なんか不味《まず》いことになっとる？」

気がつくと雷鳴は止《や》み、空は朱鷺色《ときいろ》に戻っていた。

結局、秋水はそれ以上雫音を問い詰めず（というより、まともに話せる状態ではなさそうだったため）、自然と解散の流れになった。千景と深樹を残して秋水が人払いしたため、一連の事情を話すことになる。

「先に言っておきたいのですが、雫音さんのことはこれ以上追及しないでほしいんです」

あれほど震えていた雫音を、さらに追い詰めたくはなかった。彼女を庇《かば》うつもりもないが、千景に対して不満に思う気持ちも分からなくはないからだ。

「わかりました。ただ私は月白殿の主として、何が起きたか知る必要があります」

「深樹さんの宿木に何が起きたかは話しますので、トキワさんとマンサクさんと――」

そういえば、昏明はどうしたのだろうか。思い返すと秋水が人払いする前から、姿が見えなくなっていた気がする。

「千景？」

「あ、いいえ。ひとまずお二人を呼んでもらえますか」

千景の説明とトキワ＆マンサクの証言に矛盾はなく、やはり深樹を治したのはあの癒合剤で間違いないようだった。

話を聞き終えた深樹は、いたく感心した様子で嘆息する。

「はあ〜なるほどのう。まだ途上にある力を、そんな風に活《い》かしたんか。嬢ちゃん、思ったよりやるのう」

「大したことじゃありません。元々陽世で使われていた手法に、手を加えただけですから」

「いやいや。わしも長《なご》う生きとるけんど、こういうことをやった巫女《みこ》は見たことないで」

ええと秋水も頷いて。

「貴女がこれまで培ってきた知識と知恵があってこそですよ。誰にでもできることではありません」

そう言って彼は、どこか誇らしげに微笑を浮かべた。

「さすが、私の花嫁です」

「……花嫁じゃないです」

そっけなく返しながらも、千景は胸の奥の温度がじわじわと上がってくるのを感じていた。

生きていくために、仕方なく身に付けた知識だった。普通の生活ができていれば、必要無いはずのもの。

それが誰かのために活かされ、明確に認めてもらえたことは、彼女にとって大きな意味を持った。

月世に来てはじめて、いや、生きてきてはじめて、これまでの人生を肯定してもらえたような気がしたから。

深樹と別れ庵《いおり》に帰り着くと、駒が待ってましたと言わんばかりに玄関へ出てきた。

「千景さん！　なかなか帰ってこないから心配しましたよ……って旦那様!?」

秋小の存在に気づいた彼女は、目をまん丸にしている。

「え？　あの、旦那様がどうしてこちらに？」

「色々ありまして……送る必要はないと言ったんですが、聞かないので」

それを聞いた駒は、何かを察したように顔を曇らせた。

「やっぱり何かあったんですね。駒も付いていけばよかったです」

「いえ、駒さんが留守を守ってくださって助かりました」

「でも……」

この流れで黙っておくわけにもいかず、月白殿で起きたことを簡単に説明すると、駒はいたく憤慨していた。

「千景さんは深樹さまを治しただけなのに、なんでそんなこと言われなくちゃいけないんですか？　あり得ないです!!」

「何かと行き違いもありましたし、私は大丈夫ですから」

「ぐうう……駒がその場にいれば言い返してやったのに……‼」

悔しさをにじませる彼女をなだめていると、やりとりを見守っていた秋水が口を開いた。

「千景から聞いていますよ、駒。よくやってくれているそうですね」

「あっ、いえ！　駒が、その、やりたくて、やっていることですので……」

いつもの勢いはどこへやら、彼女はしどろもどろで恐縮しきっている。普段意識することはないが、やはり神使にとって秋水は雲の上の存在であるのだろう。

「これからも、千景をよろしくお願いします」

「はい、それはもう……！」

主の前で喚《わめ》き散らしていたことが急に恥ずかしくなったのか、駒は奥に引っ込んでしまう。そのまま解散の流れになりそうだったので、ふと思い立った千景は秋水に待つよう告げた。

「大したものじゃありませんが、よかったら」

台所から持ってきた包みを差し出すと、受け取った秋水は中身を見て一瞬目を見開く。

花が閉じ込められた飴《あめ》をかざし、嬉《うれ》しそうに微笑んだ。

「美しいですね。千景が作ったのですか」

「甘みと薬草で、疲れも取れるんじゃないかと……。日持ちもしますから、旅にもいいと思います」

「ああ、いいですね。近々出かけますので、持っていきます」

帰り際、彼は振り向くと、おもむろに切り出した。

「貴女《あなた》は少し、変わりましたね」

「……そうでしょうか」

「ここに来た頃の貴女なら、今日のようなことがあっても、どこ吹く風だったでしょうに」

言われてみれば、確かにそうだった。雫音に投げかけられた言葉など、以前ならあれほど堪《こた》えることもなかっただろう。

なぜと考えようとして、内心で苦笑する。理由なんて、悔しいくらいに明快だ。

「秋水さんのせいですよ」

恨めしげに見上げた先で、彼はコーンフラワーブルーの瞳を、瞬《まばた》かせた。

「それは、どういう意味です？」

「教えません」

ぷいとそっぽを向くと、「えっ」と困惑した声が聞こえてくる。

——貴方《あなた》が、夢だなんて言うから。

静かな熱を湛《たた》えたまなざしで、宵空を見上げていたから。

欲が出てしまったのだ。

このひとの夢を、叶《かな》えてみたい。その先の景色を、自分も創ってみたいと。

月世《ここ》にいる理由が生まれてしまえば、守りたくなる。自分の居場所や、誰かとの繋《つな》がりを。

それは同時に、叶わないもどかしさや失う恐怖と、背中合わせになるということで。

「……こんなの、想定外です」

零《こぼ》れた本音が、宵が始まりかけた空に吸い込まれていく。

こんな感情が芽生えてくるなんて、想像もしていなかったのに。

「千景」

呼びかける声で急に気恥ずかしくなり、千景は秋水の顔を見ることができなかった。

「千景、こっちを向いてください」

催促に仕方なく振り向くと、大きなてのひらに両頬が包み込まれた。

ぐいと引き寄せられ反射的に目を瞑《つぶ》ると、まぶたにそっと何かが触れ、離れる。

おそるおそる目を開いた先で、秋水は悪戯《いたずら》めいた笑みをたたえていた。

「駄目ですよ。貴女は拗《す》ねた顔も可愛《かわい》いのですから」

「ちょっ……」

「……今……まぶたに……………」

その先が言葉にならず、千景は機械的な速さで秋水の拘束から逃げ出す。あまりの不意打ちに思考が停止してしまい、抗議はおろかまともな反応すら出てこない。

急速に速まる鼓動に翻弄されそうになったとき、低く澄んだ響きが耳に届いた。

「深樹を治してくれて、ありがとうございました」

「え……」

「彼は私にとって、兄のようなものですから。本当に感謝しています」

そう告げた秋水の表情はどこか切実めいていて、千景は胸が締めつけられるような思いがした。

形は違ったとしても、家族を失う痛みを抱えているのは彼も同じなのだと、今さらながらに気づいたからだ。

「あの、秋水さん」

「なんですか？」

「私はまだ、巫女の使命を果たせていませんが。今の自分にできることを、やっていきたいと考えています。それが少しでも役に立ったのなら……嬉しいです」

告げた本心は、彼の柔らかな微笑に溶けていった。

「今日は庇ってくださって、ありがとうございました」

秋水を見送り部屋に入ると、卓袱台《ちゃぶだい》に駒が突っ伏していた。

「駒さん？」

「……すみません……見るつもりはなかったのですが……」

なんのことか気づいた途端、千景の顔は沸騰したように熱くなる。

「あ、あれは完全な不意打ちで……」

「お二人が尊すぎて……駒は死んでしまいそうです……」

駒は突っ伏したまま、悶《もだ》えるようにぷるぷるしている。どう見ても推しが尊すぎてやられているソレだ。どこで道を誤ったのか。

今度秋水に会った時は、厳重に抗議してやらねば。千景はそう、心に固く誓った。

3

翌日、千景は早朝の来訪者にたたき起こされた。

「まったく、千景さまを侮辱するなんて。あの蛇女、咬《か》み殺してやりたいですわ」

目が据わった真白の隣で、藍墨は冷汗を浮かべている。昨日の一件を聞きつけた真白が、兄を（おそらく無理やり）引き連れすっ飛んできたのだ。

「わたくし、折悪く街でしょっぴん《ショッピング》していましたの。助太刀できず申し訳ございません」

千景はむしろいなくてよかったとは口に出さず「真白さんを巻き込むわけにはいきませんから」と答えたものの。彼女の純白の獣耳は、すっかり萎《しお》れてしまっている。

「もとはと言えば、わたくしのぷろじゅーす活動が蛇女の癪《しゃく》に障ったのですから」

「あの……蛇女ということは、雫音さんの本性《ほんじょう》は蛇ですか」

その質問には、藍墨が答えた。

「正確には蛟《みずち》といって、水の神にあたるな」

「ああ、陽世でも聞いたことあります」

「ちょっとばかしめじゃー《メジャー》あだからといって、調子に乗りすぎですのよ！　やはり咬み千切るべきですわね」

　大蛇と白狼が争う様子を思い浮かべ、千景は遠い目になった。なんかもう、想像力が限界突破しそうだ。

　とはいえ駒や真白のように、これほど自分のために怒ってくれる人がいるのは、きっと幸せなことなのだろう。これまでそういうことがなかったせいで、むず痒《がゆ》く、どう反応すればいいのかわからなくなるけれど。

　こめかみを揉《も》んでいた藍墨が、諭すように真白へ言いやった。

「まあそう言うな。雫音は行き場がなくなったところを、主神に拾われたのだ。主神と月白殿への思い入れは人一倍強い」

「それはわたくしたちだって、似たようなものですけれど。千景さまの人となりを知ろうともせず、酷《ひど》い話ですわよ」

　そもそも、と真白は兄を冷ややかな目で睨《にら》んだ。

「秋水さまの選んだ方を否定するということは、秋水さまを否定することと同じですわ。ねえ、兄さま？」

「うっ……」

　完全に言い負かされた藍墨は、すっかり黙り込んでしまっている。このままではらちが明かないと判断し、千景はひとまずハーブティーでひと息つくよう促した。

雪柳が描かれた碗で淹《い》れたお茶を、真白はゆっくりと口に含み、ほうとため息を漏らした。

「やっぱり千景さまの淹れたお茶は素晴らしいですわ。わたくし、あれから体調も良くて本当に助かっていますの」

「それはなによりです。真白さんが評判を広めてくれたので、庵《いおり》を訪れる方も増えてきたんですよ」

「ご迷惑ではございませんでした？　此度《こたび》のことにも、影響しておりますし……」

千景はかぶりを振ってから、自分なりの考えを切り出す。

「あれから色々考えてみました。今回の件については、私にも反省する点があります。私はどこかで、命花さえ咲かせればそれでいいと思っていました。でもそうではないんですよね」

真白と藍墨は揃《そろ》って碗を手にしたまま、千景を見つめた。

「私が月世人《つくよびと》を理解できないように、彼らも私のことが理解できないのは当たり前です。巫女《みこ》としての使命を果たすと約束した以上、月世の方々に私のことを知ってもらう努力をすべきでした」

正直なところ、ここへ来た頃は周囲に理解してもらおうなどとは思ってもいなかった。どうせ無駄だと諦め、目を背けていたツケが、回って来ただけの話なのだ。

「私は自分のことに精一杯で、周りへの配慮が欠けていました。これからはもっと、月世の方々に関わっていこうと思います」

自身の問題点を認めたことで、おのずとやるべきことが明確になってきた。千景にとっては、闇雲に行動するしかなかったこれまでより、遥《はる》かにいい。

よほど清々《すがすが》しい表情をしていたのか、真白は驚きと感心と呆《あき》れが入り混じったように息をついた。

「千景さまは、本当に真面目なお方ですわね」

「いえ。今後職務を円滑に行うために、課題と対策の検討は必須ですから」

真顔で答えた千景に、ずっと黙っていた藍墨が突然笑い始めた。

「兄さま……？」

「まったく……『真面目』どころの話じゃないな」

あっけに取られる真白の隣で、藍墨はどこか吹っ切れたように言い切った。

「よく分かった。お前はどうしようもない『クソ真面目』だ」

千景は瞬きをしてから、しばし考え。

「褒め言葉と受け取っておきます」

「褒めてないが、まあいい。お前が巫女の使命について、真剣に向き合っていることはわかった。主神への輿入《こしい》れを拒むのも、それなりの理由があるのだろう」

藍墨は鋭い銀眼で、まっすぐに千景を捉えた。

「お前の目指す道がどういうものかは、わからん。だが主神の利になる限り、俺は引き続き協力する」

「……良《い》いんですか？　場合によっては真白さんに咬み切られるかもしれませんよ」

「兄さま、お覚悟をなさってくださいね？」

「冗談になってないからやめろ」

再び冷汗を浮かべる藍墨に苦笑しつつ。千景は礼を言ってから、真白を振り向いた。

「それと、プロデュースの件ですが。月世の方々に理解してもらうために、今後必要だと判断しました。真白さん、お願いできますか」

「ええ、もちろんですわ。わたくし、はりきってぷろじゅーすいたします！」

きらきらと瞳を輝かせる彼女を見ていると、こちらまできらきらしてくるような気がする。以前の千景なら、彼女のような存在はただ眩《まぶ》しいだけに見えていただろう。

けれど今は目を向けてみようという気になっているし、そんな自分は秋水が言っていた通り、少し変わったのだとも思う。

帰り際、藍墨が思い出したように振り返った。

「俺は明日から留守にする。何かあれば、駒か真白に頼むといい」

「そういえば秋水さんも、出かけると言っていましたね。そちらへの同行ですか？」

「ああ……〝門〟が現れたからな」

その言葉に、真白が眉をひそめた。

「またですの？　最近多いですわね」

「今回は比較的規模が大きいと聞いている。まあ主神なら問題なく壊せるだろうが」

昨日陽世への視察を中断したのも、侵蝕《しんしょく》の門の発生報告を受けたからだそうだ。考えこむ千景に、藍墨が怪訝《けげん》な表情を浮かべた。

「どうした。何か気になるのか」

「門を破壊するのには、多大な霊力を消費すると聞きましたが。皆さんが帰還された際、私が育てた薬草を使った料理をふるまえば、少しは役に立つでしょうか」

藍墨は一瞬驚いた表情を見せたが、すぐにはっきりと頷《うなず》いた。

「それはもちろんだ。少しでも早く、霊力を回復するに越したことはない」

「わかりました。検討してみます」

「千景さま」

真白は千景の手をふわりと握り、にっこりと微笑《ほほえ》んだ。

「役に立つとか考えなくていいんですのよ。千景さまがお心を込めて作ったものを、秋水さまは何よりお喜びになりますわ。ねえ、兄さま?」

「あまり認めたくはないがな」

秋水を傍《そば》で見ている藍墨がそう言うのなら、きっと本当なのだろう。これまでならなんとも思わなかったのに、なぜか今日は胸の奥が騒がしい。

「わたくしもお手伝いしますので、なんなりとお申し付けくださいね」

「はい。ありがとうございます」

二人を見送りながら、千景は思う。

この先自分がどこへ向かうかは、わからない。けれど閉ざされたように思えた彼女の未来に、陽が差してくる気配を感じ始めている。

この予感が本物であればいい——そう願って。

※

四日後、千景は秋水の帰還に合わせて、食用花やハーブを使った料理を作ることになった。振る舞う場所は配膳の手間を考えて、この庵にある大きな客間を選んだ。

帰還した秋水たちを連れて来るのは真白が、料理は駒が手伝ってくれると言うので頼むことにした。ちなみに藍墨曰《いわ》く、真白は絶対に台所に立たせてはいけないタイプらしい。

駒と早朝に摘んだハーブや花を丁寧に洗いながら、ふと問いかける。

「そういえば、昏明さんはお元気ですか」

大楠《おおくす》での騒ぎ以降、彼は一度も顔を見せていない。今さら雫音が追い出すようなことはないだろうが、どうしているのか気にはなっていた。

「あの人、千景さんを連れだしておいて、置き去りにしたんですよね？　そんな人のことなんか、どうでもいいです」

忌々しげに言い放った駒は、どうやら昏明に対してだいぶ怒っているらしい。千景本人はまったく意に介していなかったので、少々面食らいつつ。

「あの時はどうしようもなかったですから。彼の置かれた立場もわかりますし」

神使の職を失うかもしれない状況の中で、つい姿を消してしまったのだとしたら、むしろ申し訳ないくらいだ。

「でも、謝りに来るくらいできるじゃないですか？」

「気まずくて顔を出せないのかも……。それに雫音さんとのことでまっ先に私を庇《かば》ってくれたのは、昏明さんですから」

圧倒的に立場が上の相手に、盾突いてくれたのだ。それがどれほど大変なことかは、きっと駒の方がよくわかるだろう。

彼女はいまだに納得がいかない様子だったが、渋々話につき合ってくれた。

「実は駒も会ってないので、わからないんです。そもそもあの人、どこに所属してるんでしょう」

「駒さんも知らないんですか」

「神使が出入りする界隈《かいわい》では見かけたことないですが……。まあ月白殿に仕える神使はとても多いですすし、入れ替わりもありますから、駒が知らないだけだとは思います」

聞けば、月白殿に出入りする神使だけでも数百になるという。確かにそれだけいれば、見知らぬ人がいても仕方がないのだろう。

「それより千景さん、旦那様たちにどんなお料理を振る舞うのですか？」

「ああそうですね。せっかくなので、見た目も華やかにしてみたいと思っています。〝花ちらし寿司《ずし》〟はどうかと」

「わ、名前を聞いただけでも、美味《おい》しそうです！」

花やハーブの手入れが終わったので、二人はいよいよ料理にとりかかる。まずは寿司に混ぜ込む具の準備だ。

「今回は彩りの良いものを揃えてみました」

甘く煮たニンジン、お揚げ、庭で採れたシソ、そして金蓮花《きんれんか》。

「駒の碗に描かれているお花ですね？」

「ええ。金蓮花は花も葉も食べられるんですが、今回は花を調味料で煮たものを加えます」

千景が具材を煮る傍らで、駒は酢飯を作り、薄焼き卵を焼いていく。

すべての具を混ぜ込んだ酢飯をすし桶《おけ》へ平らに盛り付け、その上に錦糸卵を散らす。これだけでも十分美味しそうだが、ここからが花ちらしの醍醐味《だいごみ》だ。

「さあ、駒さん。この上を花でめいっぱい飾りましょう」

「はい！　なんだかわくわくしますね！」

たくさん摘んでおいたスミレや撫子《なでしこ》、矢車菊やカレンデュラなど、色とりどりの花ですし桶を埋め尽くしていく。最後にアクセントとして金蓮花の丸い葉と、河内晩柑の花を散らせば完成だ。

「まるでお花畑みたいです……！　このお花が全部食べられるなんて、知りませんでした」

「意外と食べられる花って多いんですよ。今日使用している花はすべて薬効があるものなので、巫女《みこ》の能力とも相性が良いはずです」

たとえば撫子は貧血に効果があるし、金蓮花は体力の回復に良いとされている。見た目の華やかさだけでなく、遠征の疲れを癒《いや》してくれるエディブルフラワー（食用花）を、使わない手はない。

「では我が家で一番のグルメに味見してもらいましょう」

「ぷいぷい！」

翠専用の皿に盛り付けた花ちらし寿司は、器の美しさも相まって本当に美味しそうだ。

翠はあっという間に寿司を平らげると、食後にちゃっかりカモミールティーを飲んで、満足そうにぷひーぷひーしている。

他にも二人はクレソンや数種類のハーブを野菜ブイヨンで煮たスープ、花とハーブを使ったサラダやガレット、食後にエディブルフラワーを閉じ込めた寒天ゼリーを作り、客間の食卓に並べていった。

すべての料理が出来上がった頃には、午後を大きく回っていた。整えられた食卓を眺め、千景はしみじみと呟《つぶや》く。

「この部屋に誰かを招く日がくるなんて、思ってもいませんでした」

ぽつりと漏らした本音に、駒がそうですねと頷いた。

「最初は驚きましたけど……巫女として今できることを考えた結果だと聞いて、納得しました。千景さんが旦那様や月白殿のために、こんな風にしてくれることが、駒は嬉《うれ》しいです」

「駒さんのおかげですよ。こんな私によくしてくれたから」

いつのまにかここが、居心地の良い場所になっていた。そうでなければ、庵《いおり》に人を招こうなどと思わなかっただろう。

「そんな、私なんて……」

駒はかぶりを振ってから、なぜか思い詰めたように沈黙してしまう。怪訝に思い尋ねようとしたとき、彼女は急に千景に向かって頭を下げた。

「すみません！　駒は千景さんに、謝らなければならないことがあります」

「え……？」

「駒はずっと思ってました。陽世から無理やり連れてこられて、こんなところに押し込められて……千景さんはかわいそうな人だって。かわいそうだから、優しくしてあげなくちゃって。でもそれって、凄《すご》く失礼なことでした」

千景の見つめる先で、駒は申し訳なさそうに目を伏せる。

「短い間ですが、お傍で見てきたからわかります。千景さんは駒がいなくたって、きっとご自分の道を見つけていたはずです。誠実で、聡明《そうめい》で、我慢強くて……駒がお仕えするには勿体《もったい》ない方で」

唇を噛《か》んだ彼女は恐る恐る視線を上げ、震えるように告げた。

「千景さんには、もっと相応《ふさわ》しい方がお仕えすべきです。そう思いながら、ずっと言い出せませんでした。本当に……申し訳ありません」

駒の告白を聞き終えた千景はしばし黙り込み、やがて長い溜息《ためいき》を吐いた。

「一休駒さんは、何に対して謝っているのですか」

「……千景さんに失礼だったことと、自分が相応しくないとわかっていたのに、黙っていたことです」

「ではまずひとつ目についてですが。別に失礼じゃないですよ。だって私、かわいそうでしたし」

ぽかんとなる駒に、千景は肩をすくめる。

「今まで積み重ねてきたものをすべて捨てる形で、ここへ連れてこられたんです。普通に考えて酷《ひど》い話じゃないですか」

逆境を乗り越えてこそとか、降りかかる困難は成長のためとか、冗談じゃないと思う。

乗り越えなければ生きていけない試練なんて、ない方がいいに決まっている。

「そんな私の状況を、駒さんは慮《おもんぱか》ってくれたんですよね。誰も気遣ってくれないなかで、私はずいぶん救われました」

駒が何か言おうとするのを、やんわりと遮り。

「そしてふたつ目についてですが。最初に私、言いましたよね？　駒さんは協力者であると。つまり私たちの関係は対等だということです」

「でも……もし対等だとしても、協力者として相応しいかどうかは、吟味しないといけません」

「確かにそうかもしれませんが、私は必要ないと思っています」

千景はひと呼吸おいて、少しだけ言葉に力を込めた。

「だって駒さんは、私の友人だから」

「えっ⁉」

予想外の流れに、駒は理解が追いつかないようだ。口を半開きにしたまま、固まってしまっている。

「友人であれば相応しいかどうかなんて、関係ありません。お互いの気持ち次第でしょう？」

こんなことを口に出すなんて、以前の自分には考えられなかった。他人との付き合いなんて、ただ面倒だと思っていたのに。

どうしても、諦めたくなかったのだ。

いつも一生懸命でまっすぐであるがゆえに、千景の元から去ろうとしている優しい彼女を。

「私と友人になるのは、嫌ですか」

「あっ、いえ、そんな！……そんなこと、ありえません」

俯《うつむ》いた駒は、膝に置いた手をぎゅっと握った。

「本当はずっと、思ってました。千景さんと過ごすのが楽しくて……もっとお話ししたり、一緒にお料理したりしたいなって。でもかわいそうだなんて思ってた自分がそんな気持ちを抱くなんて、やっぱり失礼だと思って」

「私は気にしませんし、むしろこんな面白味のない人間と友人になるのは、やはり嫌ではないかと」

その瞬間、駒はもの凄い勢いでかぶりを振った。

「そんなわけありません!!　千景さんの良さは旦那様に負けないくらいわかっているつもりです!!」

「あ……ありがとうございます」

比べる相手が秋水なのは若干気になるが、彼女の気持ちは十分過ぎるほど伝わった。我に返った駒は顔を赤くしながら、おそるおそる問いかける。

「あの、本当にこれからも、駒がお傍《そば》にいていいんですか？」

「駒さんがいいんです。これからは友人として、よろしくお願いしますね」

そう言って微笑《ほほえ》みかけると、駒のくりっとした瞳が微《かす》かに震え。みるみるうちに涙が溜《た》まり、ついには泣き出してしまう。

「ふえええぇ千景さん～ありがとうございます～嬉しいです～」

「そんな、泣かなくても」

一向に泣き止《や》まない彼女にどうしたものかと思っていると、いつの間にか足元に翠がやってきていた。

「ぷい……」

「……えっ……もしかしてあんた……慰めてくれてるの？」

「ぷい〜」

ぐりぐりしてくる翠を抱き上げた駒は、ぎゅうと抱きしめながらやっぱり泣いていた。

千景はやれやれと微笑みつつ。

「そろそろ、秋水さんたちが帰ってくる時間です。お茶の準備を始めましょうか」

「あっそうですね！」

二人は最後の仕上げにと、お茶の準備を始める。この日のために考えた、特別配合のハーブティー。

薬草を摘み、丁寧に手入れし、カップを磨く。帰還の報《しら》せがあれば湯を沸かせるようスタンバイしておけば、あとは到着を待つだけだ。


しかしその後、約束の時間になっても、秋水たちは俺に姿を見せなかった。

「どうしたんでしょう……帰還が遅れているのでしょうか」

心配そうな駒に、千景はもう少し待ってみましょうと告げる。

そのまま待ち続けたが、一時間経《た》ち、二時間経ち……時間が過ぎていくごとに、千景の不安けどんどん大きくなっていく。

三時間が経ち、耐えきれなくなった千景が庵を出ようとしたとき、真白が玄関に飛び込んできた。

「千景さま、遅くなって、申し訳ありません……！」

息も絶え絶えな真白は、もともと白い顔が真っ青になってしまっている。

「落ち着いてください。何かあったのですか」

「秋水さまが、帰還の際、怪我《けが》をされたようで……」

心臓が鷲摑《わしづか》みにされたようだった。

彼女によると詳しい状況まではわからないが、秋水がそれなりの深手を負って帰還が遅れている可能性が高いという。

千景は抱きかかえた真白を駒に託すと、宣言した。

「私、迎えに行きます」

「千景さん!?　駄目ですよ、危険です！」

ぎょっとなる駒をやんわり制し、真白に問う。

「秋水さんが今いる場所は、わかりますか」

座敷《ざしき》に寝かされた彼女は、力なく首を振った。

「……申し訳ございません。わたくしでは、情報を得るところまでしかできませんでしたの」

聞けば秋水の一行から帰還が遅れていることへの伝令は無く、心配になった真白が様子を探ったのだそうだ。

「わたくし少しの間でしたら、兄さまがいる場所の匂いを探ることができます。秋水さまの……濃い血の匂いがいたしました」

聞けば離れた場所の匂いを探るには多くの霊力を消費するため、他の力（追跡等）が使用できなくなるのだそうだ。

「わたくしの力不足で、申し訳ございません」

「いえ。真白さんのおかげで、状況がつかめました」

おそらくぎりぎりまで霊力を消費したのだろう、彼女が疲弊しきっているのがわかる。

これ以上無理させるわけにはいかなかった。

「なんとか秋水さんの居場所さえわかれば……」

「ぷぃぷぃ！」

突然鳴いた翠が、眠そうな目で強く千景を見つめてくる。

「翠……もしかしてわかるのですか」

「ぷい！」

迷う暇は、なかった。千景は急いで支度を済ませると、おろおろしている駒を振り返った。

「真白さんのことお願いします」

「で、でも……」

「駒さんなら薬草茶の淹《い》れ方も、わかりますよね？　あなたにしか頼めないんです」

それを聞いた駒の表情が、すっと引き締まった。真白の傍で居住まいを正すと、きびきびと座礼する。

「わかりました。必ずご無事に、帰ってきてください」

頷《うなず》き返した千景は、翠を引き連れ庵《いおり》の外へ出た。

「〝起きなさい、翠駒《すいく》〟」

光の中から現れた碧《あお》の麒麟《きりん》は、大きくいななき千景の前に跪《ひざまず》く。その背に登り緑金のたてがみをしっかり摑《つか》んで、〝命じた〟。

「秋水さんの元へ、全速力で連れて行ってください」

4

飛ぶように景色が過ぎ去り、急に空気が変わったような気配がした。

恐る恐る顔を上げた千景は、辺りを見渡し息を飲む。

「ここは……」

広大な荒地だった。周囲に生き物の影はなく、草木の一本すら生えていない。どことなく淀《よど》んだ空気が漂い、この場にいるだけで悪寒を覚える。

月世は陽世ほどの勢いはないとはいえ、緑溢《あふ》れる地だと千景は認識している。目の前に広がっている景色は、そんなイメージからは程遠い状態だった。

「お前……なぜここにいる？」

背後からかけられた声に振り向くと、藍墨が驚愕《きょうがく》の表情を浮かべ立ちつくしていた。

いつもの羽織《はおり》長着姿ではなく、厚い外套《がいとう》を身にまとっている。

翠から降りた千景は、彼に駆け寄り問いかけた。

「藍墨さん、秋水さんはどこですか。怪我をしたと聞きました」

「なぜそれを……」

その直後、聞きなれた低く、澄んだ声が耳に届く。

「――千景？」

「秋水さん……」

愕然《がくぜん》とこちらを見つめる顔に、笑みはない。濃紺の外套をまとう立ち姿に大きな乱れはないものの、どこか精彩を欠いているように見え。

歩み寄ろうとした千景を、彼の声が制した。

「何をしに来たのです。ここがどれほど危険か分かっているのですか？」

聞いたことのない、厳しい響き。千景はひるみそうになるのを堪《こら》え、努めて冷静に告げる。

「貴方《あなた》が、怪我をしたと聞きましたので」

蒼《あお》の双眸《そうぼう》が驚いたように見開かれた。しかしそれは一瞬のことで、すぐに冷厳としたものに変わる。

「私は大丈夫です。すぐに月白へ帰りなさい」

「……嫌です」

秋水は明らかに苛立《いらだ》った様子で、ため息を吐いた。

「巫女《みこ》ではない貴女《あなた》がここにいては迷惑だと、わからないのですか」

「主神、そのような言い方は……」

間に入ろうとした藍墨に、彼は冷ややかな視線を向ける。

「藍墨。ここのことを知らせたのは誰なのか、心当たりがないとは言わせませんよ」

「………」

「藍墨さんは関係ありません。私が翠に頼んで連れて来てもらったんです」

再びため息を吐いた秋水は、千景から視線を逸《そ》らした。

「こんなことなら、貴女に翠を任せるべきではありませんでしたね」

とりつく島もない様子に、藍墨や他の側近は何も言えない様子だ。こちらを見ようともしない姿を眺めたまま、千景は問いかけた。

「何をそんなに焦っているのですか」

コーンフラワーブルーの瞳が、はっとこちらを向く。

「私のことを心配してくれているのはわかりますが、普段の貴方ならもっと言い方を選んだはず。訳を話してください」

こんなにも余裕のない彼を見るのは初めてで、それ程に良くないことが起きていることは明らかで。

こちらを見つめた秋水が、口を開きかけたときだった。

『主神！　見つかりました』

上空からの声に、一同の表情が変わる。頭上近くに飛んできた隼《はやぶさ》に向かって、秋水が問うた。

「どこですか」

『廃林の方です、ご案内致します』

秋水は千景を振り返ると、小さくため息をついた。

「……仕方ありませんね」

刹那、素早く身を翻し、翠の背にまたがる。千景に手を差し伸べ。

「乗ってください」

彼の懐に収まると、血の匂いがした。外套を着ているせいで分からなかったが、やはりどこか怪我をしているのだろう。

秋水は他の側近にその場で待機するよう指示し、藍墨を見やる。

「付いて来られますか」

「……善処します」

次の瞬間、藍墨の身体《からだ》が発光し、大きな黒狼《おおかみ》が現れた。犬よりずっと大きく、鋭い銀眼と青みがかった黒の毛並みが美しい。

その様子を確認した秋水は、翠に向かって隼についていくよう命じる。

案内された先、朽ちた倒木の傍《そば》で倒れていたのは、見たことのない生き物だった。一見すると巨大な白蛇だが、手足があり、頭部には飾り角のようなものがある。

地に伏した胴部の中央には、鋭利なもので斬られた傷があった。半身が血に染まり意識はなく、既に虫の息なのは明らかで。

人形《ひとがた》に戻った藍墨が、様子を確認し眉を寄せた。

「侵蝕《しんしょく》の影響が酷《ひど》いな……」

『はい。怪我で動けなくなったところを、のみ込まれたのでしょう』

ピクリとも動かない体は、全身に紫斑が現れていた。聞けばこれは、侵蝕に侵された状態なのだという。

「この方は、月白殿の方なのですか」

千景の質問に藍墨は躊躇《ためら》うような表情を浮かべてから、重い口を開いた。

「……これは、雫音だ」

「──え？」

背筋に冷たいものが滑り落ちた。

思わず秋水を見ると、彼は沈痛な顔色のまま何も言わない。つまり、事実ということだろう。

「なぜ雫音さんがこんなことに……何があったんですか」

「門に近づきすぎた」

藍墨の説明によると、侵蝕の門を発見した一行は破壊の態勢に入ったそうだ。サポートの役割だった雫音は本来門に近づかないはずだったが、無理をして侵蝕の中心部に踏み入ったという。

「核である門に近いほど、侵蝕の影響を色濃く受けてしまう。抵抗力の無い者がのみ込まれれば、一瞬で死に至るほどだ。主神が庇《かば》って致命傷は免れたはずだったが……」

侵蝕が発する瘴気《しょうき》で混乱が酷く、秋水が門を破壊した際に行方知れずになってしまったそうだ。

「なぜそんな無理を……」

「それは──」

どういうわけか、藍墨はそこで黙り込んでしまう。千景は酷い状態で横たわる雫音を見て、唐突に理解した。

なぜ、秋水があれほど余裕をなくしていたのか。なぜ、頑《かたく》なに千景を帰らせようとしたのか。

「……もしかして、先日の件が影響しているのですか」

藍墨は観念したように、ため息を吐いた。

「雫音はあの時の醜態を挽回《ばんかい》しようと必死だった。今回の遠征も主神に無理を言って、ついてきていたからな」

「それは本当ですか、秋水さん」

見やった先で、秋水は淡々と言い切った。

「彼女がこうなったのは、私の力不足です」

「私はそういうことを聞いているんじゃありません。藍墨さんが言ったことは事実なのかと聞いているんです」

何も答えようとしない秋水に、諦めた千景は背負っていた袋から、ステンレスボトルを取り出す。念のために湯と薬草を入れて持ってきたのだ。

「なんとか飲めたらいいのですが……」

冷ましたものを蛇の口を開け、流し込む。しかし意識は戻らず、呼吸も弱いままだ。

このままだと、間違いなく死んでしまうだろう。

「藍墨さん！　雫音さんを私の庵に運んでくれませんか」

千景の申し出に藍墨は目を見開いたが、すぐに痛々しげなものに変わる。

「諦めろ。ここまで侵蝕に侵されれば、もう助からない」

「秋水さんはどう思いますか」

彼はこちらを見ないままかぶりを振った。

「命花があればあるいは……ですが」

つまり今の千景では、助けられないということだ。おそらくそれが分かっていたから、あれほどまで千景を退けようとしたのだろう。

彼女の内に、これまでにないほど深く、強い怒りが湧き上がってくる。

「……納得できません」

発した声が、震えた。

囲って。覆って。蓋をして。

こんなこと、自分はなにひとつ望んでなどいないのに。

「貴方はどれだけ、優しさという檻《おり》で私を閉じ込めておけば気が済むんですか」

こちらを向いた秋水の目が、驚愕の色に染まる。千景は彼にまっすぐ向き合うと、ありったけの想《おも》いをぶつけた。

「私は諦めません。ここで雫音さんを見捨てるのなら、私に巫女になる資格はありません」

「千景……」

「私に彼女の看病をさせてください！」

後悔するのは、あらゆる手を尽くしてからでいい。

傷つくのは、叶《かな》わぬ現実に打ちのめされたときでいい。

私は、この人を助けたい。

花を、咲かせたい――

◇◇

目の前で展開されていく光景を、藍墨は信じられない想いで見つめていた。

——私に彼女の看病をさせてください！

千景が秋水に向かってそう宣言した刹那、強い光がはじけた。

光の粒が舞うなか、彼女の頭上で何かが煌《きら》めいたように見え、みるみるうちに巨大な蕾《つぼみ》となる。

そこからは、一瞬の出来事だった。

見たことがないほど大きな花びらが、何枚も何枚も開き、しなやかに広がり、大輪の花となったのだ。

（これが、命花……）

千景の頭上に咲いた冠花は荘厳華麗と呼ぶに相応《ふさわ》しく、彼女の動きに合わせ、誇らしげに揺れていた。

玻璃《はり》細工のごとく透き通った花弁は何色にも染まらず、触れれば壊れそうなほど繊細なのに、なぜか力強くて。

圧倒的な存在を前に、藍墨は目を離せなかった。

雫音の方を振り向いた千景は、ゆっくりと歩み寄った。花の王冠をいただいたような凛《りん》としたまなざしに、思わず身震いする。

周囲が唖然《あぜん》と見守る中、しゃがみこんだ彼女は雫音に手を伸ばし、慈しむように触れた。

すると命花が淡く明滅し、次の瞬間――砕け散ったのだ。

「な……何が起きた？」

せっかく咲いた花が散ったことに、皆動揺を隠せない。しかし千景自身は落ち着いたまま、左の手を開いていた。

そこにあったのは、硝子《ガラス》玉のような玉。中に星でも閉じ込めたように、色とりどりの光の粒が見える。

「こうすればいいと、なぜかわかるんです」

千景はその玉を、雫音の口に含ませる。しばらくするとぴくりとも動かなかった体が光に包まれ、人形《ひとがた》の雫音が現れた。

意識はまだ戻っていないが、傷と紫斑は消え、安らかな寝息をたてている。

「よかった……これで大丈夫ですね」

千景はほっとしたようにうなずき、立ち尽くしている秋水を見上げた。

「まだ完治はしていませんので、私の庵《いおり》に運んでください」

そして彼女は立ち上がろうとして――倒れ込むようにそのまま気を失った。

「千景、しっかりしてください！」

倒れた彼女を抱きとめた秋水は、かつてないほどに狼狽《ろうばい》していた。藍墨は雫音を素早く抱え上げつつ、千景の顔色を確かめる。

「巫女《みこ》殿はおそらく眠っているだけです。霊力を使いすぎたのでしょう」

あれほどのことを、いきなりやってのけたのだ。気絶してもおかしくはない。

しかし藍墨の言葉が耳に入っていないのか、秋水は彼女を抱きしめたまま動こうとしない。どうしたものかと思い始めたとき、背後からよく知った声が届いた。

「いやあ～驚いたわ。まさか〝一日花《いちじつか》〟が見られるとはのう」

「し、深樹殿……なぜここに」

驚く藍墨たちに歩み寄りながら、深樹はうんと伸びをした。

「嬢ちゃんがお前さんたちを迎えにいったと報《しら》せを受けてのう。もしやと思うて来てみたんじゃが、ええもん見せてもろうたわ」

聞けば少し前に到着し、安全な場所から見守っていたそうだ。かっかっかと笑う深樹に、藍墨はやれやれと息を吐きつつ。

「よくこの場所が分かりましたね」

「ふっ……木精ネットワークを舐《な》めちゃいかんで。わしら樹木は、あちこちに生えとるけんな」

得意げな返しに確かにと苦笑してから、気になっていたことを問う。

「先ほど仰《おっしゃ》っていた、一日花というのは？」

「その名の通り、一日で咲いて枯れる花のことじゃ。わしも実物を見たのは初めてじゃけんど」

彼によると、本来の命花は一度咲けば巫女が死ぬまで枯れることはないらしい。しかし稀《まれ》に、本物を咲かせる前に、一日だけ咲く命花を咲かせる者がいるという。

「花が何色にも染められてなかったのが、一日花の証拠じゃ。本物は、巫女によって特有の色になるけんな」

そう言って深樹は眠る千景を覗《のぞ》き込んでから、秋水へにやりと笑んだ。

「まだ本物が咲く条件は揃《そろ》ってないけんど、嬢ちゃんの咲かせたい気持ちが勝ったんじゃろう」

「……本当に千景は、大丈夫なのですね？」

「一時的な過労じゃけん、そのうち目を覚ますはずじゃ」

それを聞いた秋水の表情が、分かりやすく安堵《あんど》に染まる。

「しかしまあ、大した娘じゃで。胆《きも》の強さは、お前さん以上かもしれんのう」

「ええ……本当に」

千景を捉える秋水の目は、愛おしさに満ちていた。その切々とした表情を見て、藍墨はつくづく思い知る。

いつも冷然とし、乱れひとつ見せない男を、ここまでの顔にさせるのだ。あの女は。

おそらく主神の花嫁に対する思い入れは、藍墨たち側近が主に抱くそれよりずっと深くて――重い。

思わず、苦笑が零《こぼ》れた。

「まったく、到底敵《かな》わないな」

己の目で見極めるなどと、思い上がりもいいところだ。最初からずっと、秋水にとって千景は絶対的な花嫁だったのに。

何もわかっていなかった自分が滑稽で、今まで何を見てきたのだと少しだけ落ち込み、それならばと新たに決意を抱く。

そんな藍墨の一連の自省など、主神の腕の中で眠る千景は知る由もないのだった――

◇◇

それから五日経《た》ち。

いつもの調子を取り戻した千景は、庵の客間で秋水と向かい合っていた。

大人数向けの食卓に二人しかいないと、広さがより際立つように感じてしまう。

「雫音さんの具合はだいぶ良くなりました。もう少しすれば、起き上がることもできると思います」

「それはなによりです。貴女《あなた》の体調は大丈夫ですか」

「はい。なんの問題もありません」

一日花を咲かせたあと、千景は霊力の使いすぎでまる二日眠ったままだったそうだ。

目が覚めたときに見たのは、ほっとして今にも泣きそうな駒と、似たような調子の秋水、そして隣で寝息を立てる雫音の横顔。

あの日ここに並んでいたたくさんの料理は、駒が重箱に詰めて配ってくれたと聞いている。食材と労力が無駄にならずに済んでよかったと思いつつ。秋水たちの反応を見てみたかった気持ちが、心の奥でちらちらと姿を現しては、千景を戸惑わせた。

すっかり回復した千景の顔色を確認し、小さく頷《うなず》いた秋水は、手元に置かれた碗に視線を落とした。描かれた矢車菊の蒼《あお》を、写し取ったかのような瞳で。

「私に言いたいことが、あるのでしょうね」

「そうですね。あり過ぎて何から言えばいいか、困っていますが」

そこで一旦息をついてから、彼の左肩に視線をやる。鶯色《うぐいすいろ》の着物の下に巻かれた包帯は、今朝替えたばかりで真新しい。

「秋水さんこそ、傷の具合はどうですか」

「元々それほど深くはありませんでしたから。大したことはありません」

雫音と同じように、鋭利なもので斬られたような傷。致命傷でないとはいえ、数日で治るものでないのは明らかで。

「あの時、すぐに報せてほしかったです。そうすれば、真白さんもあれほど無理をせずに済みました」

後から知ったことだが、真白は幼少の頃、侵蝕《しんしょく》に巻き込まれ死にかけたことがあるらしい。その後遺症から、今も体が弱く無理をするとすぐに体調を崩してしまうのだそうだ。

幸い駒が適切な処置をしてくれていたおかげで、大事には至らなかったものの、藍墨にも随分心配をかけてしまった。

「そのことについては、申し訳なかったと思っています」

「分かっているとは思いますが、彼女を責めるようなことはしないでくださいね」

素直に頷く秋水を見て、千景は小さく吐息を漏らす。

「貴方《あなた》のことだから、私に心配をかけたくないとか、雫音さんのことで責任を感じさせたくないとか、考えたんですよね」

「……ええ」

「隠し通せると思ったんですか？　後から知られた方が、私の怒りを買うとは考えなかったんですか」

「たとえそうだとしても、あの現場を見せるよりはましだと考えていましたから」

そう語る彼の顔には、自嘲気味な色が浮かんでいる。

「ただでさえ私との結婚を拒んでいる貴女が、この状況を知ればどうなるか。そう考えたことは、否定しません」

吐露された本音があまりに秋水らしくて、千景は脱力する思いだった。

理解してはいるのだ。秋水の気遣いは一方的ではあれど、下々を守護する神としてそれほど間違ってはいなかったと。けれど千景と本当に結婚したいと思っているのであれば、彼は何もわかっていない。

「私が、怖気《おじけ》づくと思ったんですね」

秋水は千景を見つめてから、何かに気づいたようにばつが悪そうな表情になる。

「つまり秋水さんは、信じていなかったんです。……必ず巫女の使命は果たすと約束した、私のことを」

「それは――」

「私はなにより、そのことに失望しています」

そう言い切った途端、じわりと涙がにじんだ。

求婚には応じられなくとも、彼の夢を叶《かな》えたいという気持ちに嘘《うそ》は無かった。今の自分にできることを真剣に考えた日々が、一気に虚《むな》しくなる。

（私、傷ついてるんだ）

信じてもらえなかった事実に、想像以上に打ちのめされている。

堪えきれず涙が、次から次へとあふれ落ちた。ぐちゃぐちゃになった感情は、治まるどころか今にも破裂しそうだ。

「泣かないでください、千景。謝りますから……」

涙を流す千景を見て、秋水はおろおろと狼狽《うろた》えている。ひとしきり泣き続けたあと、彼女は突然立ち上がり秋水を見据えた。

「もうたくさんです」

一瞬、その場が静まり返った。

青ざめた彼に、千景は溜《た》まりに溜まったあれそれを吐き出すように、口火を切る。

「いいですか、秋水さん。私たちに足りないのは、円滑なコミュニケーションです」

「え……？　コミュ……え？」

「大事なのは、報告、連絡、相談！　夫婦ならなおさら、思いやりと配慮ある声かけは必須です。『言わなくてもわかってくれるだろう』はただの怠慢ですよ」

ぽかんと見上げる秋水へ、声をいつもの調子に戻し。

「夫婦のくだりは巷《ちまた》の受け売りですけど。とにかく自省を含めて、今の私たちには足りていないことばかりです」

わかってくれないと悔し泣きするのは、これっきりでいい。千景は背筋を伸ばすと、蒼の双眸《そうぼう》に向き合った。

「これからは、もっと話しましょう。私たちは生まれた世界も育った環境も、立場も価値観も違うんです。互いを理解するには、より多くの言葉を交わさなければならないはず」

貴方が、私のことを知りたいと言ってくれたように。

「私も、秋水さんのことが知りたいです」

秋水は沈黙したまま、少しも聞き漏らすまいとするように、千景を見つめていた。急に気恥ずかしくなった彼女は、ほんの少し口調を早め。

「改めて言っておきますが、私は約束した以上、何があろうと巫女《みこ》の使命は必ず果たします。逃げ出したりなんかしません」

そして、これは言うべきことでもないんですが……と躊躇《ためら》いがちに。

「話し合いが大切だと言った手前、お伝えしておきます。私は、夫婦というものは対等な関係だと考えています。もし万が一、結婚するようなことがあれば、夫になる方とは共に苦楽を分かち合い、人生の伴走者でありたいんです」

守られるだけの存在でありたくない。

強さも、弱さも、優しさも、ずるさも、すべて愛おしいと思わせてほしい。

「家庭の事情でそれなりに修羅場はくぐってますから。あまり見くびらないでください」

長いこと沈黙していた秋水は、ふと小首を傾《かし》げた。

「それは、私との結婚を前向きに考えてくれていると？」

「それとこれとは話が別です」

即座に否定した千景に、「わかっています」とおかしそうに微笑《ほほえ》みつつ。ゆっくりと、吐息を漏らした。

「千景には、敵いませんね」

秋水の表情は一見、晴れやかなものだった。けれど千景はなぜか、そこに不穏な色を感じ取ってしまう。

「私の不安など、その気になれば簡単に飛び越えてしまう。そんな貴女だから、一日花を咲かせることができたのでしょう」

手にした矢車菊の碗が、静かに置かれた。

「見事な命花でした。この取引、貴女の勝ちです」

千景は一瞬、なんのことを言われたのかわからなかった。

しかしすぐに、秋水と最初に交わした取引のことを言っているのだと気づき、唖然《あぜん》となる。

「どういうことですか。私はまだ、本物の命花を咲かせてはいませんが」

「たとえ一日花でも、命花であることに変わりはありません。それは深樹も認めていますから」

要するに、彼が提示していた「一年以内に花を咲かせること」という条件は、達成されたと言いたいのだろう。

それは、千景の希望が通るということで――

「その……私はこれから、どうなるのですか」

急転の状況にうまく思考が追いつかない。戸惑う彼女に、秋水ははっきりと告げた。

「貴女はもう、私と結婚する必要も、ここにとどまる必要もありません」

そうだ。確かに、自分はそう言った。

結婚はしないし、この世界にも住みたくはない。命花が咲いたあとは陽世へ帰り、必要なときだけここへ来るようにしてほしいと。

つまり自分は、今すぐにでも元の世界へ帰れるということだ。

「でも……私はまだ巫女の使命は果たせていないんです。こんな中途半端な状態で帰るわけには」

「優しいですね、千景は」

秋水は少し困ったように微笑むと、どこか諭すように問いかける。

「貴女には夢があったのでしょう？　そのためにずっと努力してきたと。今ならまだ、間に合うのではないですか」

確かに今帰れば、夏にある公務員試験は受けられる。けれど、そんな簡単な話じゃないはずだ。

「おそらくですが、今陽世へ帰ったら私の命花は咲かなくなります」

確証があるわけではないが、本能でそれが真実だと分かっていた。秋水はそうですねと頷《うなず》いてから、予想もしていなかったことを口にした。

「貴女《あなた》の代わりを見つけます。命花の種を持つ人間は他にもいますから」

千景は前を見つめたまま、しばらく言葉が発せなかった。

目の前にいるのは本当に、あの秋水なのか。

「……なぜですか」

やっとの思いで口に出した言葉に、彼は鷹揚《おうよう》に視線を上げた。

「私が知っている秋水さんの言動とは思えません」

「言ったでしょう？　貴女が花を咲かせたうえで、それでも私との結婚を望まないのであれば、潔く諦めると」

「ですが」

「月白を治め、月世と陽世の均衡を護《まも》る者として、私は命花の巫女を娶《めと》らなくてはなりません。わかってください」

そう言って秋水は立ち上がると、部屋の出口へ歩いていく。

扉の前に立った彼は、千景に背を向けたまま呟《つぶや》いた。

「貴女の咲かせた花は、美しかったです」

その声音は静かで、奥にある感情の色が見えない。

「貴女は私たちが諦めようとした雫音の命を、救ってくれました。これ以上縛り付けることなど、私にはできません」

振り返らぬまま、扉が開かれる。

唐突に訪れた終わりの宣言に、千景はひと言を返すのが精いっぱいだった。

「……少し、考えさせてください」

後日返事を聞かせてもらうと言い、秋水は帰っていった。

ぼんやりしたまま自室の襖《ふすま》を開けると、寝ていたはずの雫音が、いつの間にか体を起こしていた。

「もう起きていて大丈夫なんですか」

彼女はこちらを見ることもなく、小さく頷いた。何か飲ませた方がよいだろうと思い、台所へ向かおうとする背にかけられた声。

「ごめんなさい」

振り返ると、雫音は俯《うつむ》いたままじっと項垂《うなだ》れている。

「……何に、謝っているんです」

「私が無謀なことをしたから、こんなことになってしまって……」

千景はそのまま台所に行くと、湯飲みを手に彼女に歩み寄った。

「どうぞ、水です。なるべくゆっくり、口に含んでください」

時間をかけて水を飲む雫音を見守りながら、千景は傍《そば》に腰を下ろす。

「私がやりたくて、やったことですから」

諦めたくなくて、ただただ必死だった。

結果的に誰も死なず、一日花とはいえ命花を咲かせ、秋水との取引にも勝ったのだ。

「雫音さんが謝るようなことは、なにもありません」

「……じゃあなんで、そんな顔をしてるのよ」

はじかれたように振り向くと、すっかり険の取れた目が、千景を見ていた。自分がどんな表情をしているのかわからず、これ以上見られたくなくて俯いてしまう。

その様子を見ていた雫音は、嘆息すると縁側の方へ視線をやった。今日も陽だまりの中で、翠が寝息を立てている。

「……私、もともと陽世で生まれたの」

彼女の目は、生い茂る陽世の植物たちへ向けられている。その表情をうかがい知ることはできないけれど。

「大きな沼に住んでいて、近くに住む人間の営みを見守ってた。昔は水神としてそれなりに崇《あが》めてもらってたりもしてね。直接話すようなことはなかったけれど、私は人の子たちを愛していたし、愛されていると思っていた」

でも、と雫音は視線を手元に戻す。

「いつしかみんな、私の存在なんて忘れてしまったわ」

彼女が住んでいた地域は次第に開発され、最終的に沼も埋められてしまったそうだ。時代の変遷の中でそういったことが起きたのは、容易に想像がつく。

「居場所を失った私は、行くあてもなく彷徨《さまよ》うしかなかった。忘れられた神の末路ほど、悲しいものはないわね」

誰にも存在を認められないうちに、霊力も尽きていった。もうこのまま死んでもいいと思っていたとき、秋水が現れたのだそうだ。

「視察中だった秋水様が、私を拾ってくださった。月世へ来てようやく私は、生きる気力を取り戻したの」

その後月白殿で修行を積んだ彼女は、側近の一柱として認められるようになったそうだ。

「貴女が憎らしかったわ」

そう呟いた彼女は、唇をかむ。

「あんなに素晴らしい方はいないのに、求婚を断るだなんて。秋水様に恥をかかせた貴女が、許せなかった」

「しかも図々《ずうずう》しく居座って、大した苦労もしていないのに主神から大事にされているように見えたら、腹も立ちますよね」

驚いたようにこちらを向く雫音に、千景は淡々と告げた。

「そう顔に書いてありました」

「……ずけずけ言うわね」

恨めし気な視線に、小さく笑んでみせ。

「雫音さんは、そういう方が好きかと思いまして」

「まあ、そうね。言いたいことがあるなら、はっきり言ってもらいたいもの」

はあとため息をついてから、彼女は改めて頭を下げた。

「今までのこと、本当に悪かったわ。貴女のこと何も知らないのに、酷《ひど》いこと言って」

「いえ。私も反省すべき点が多々ありましたし。そのことに気づかせてもらって感謝はしませんが、意味はあったと思っています」

「ほんと、可愛《かわい》げないわね」

「お互い様ですよ」

そう言って、ほとんど同時に笑い合った。吹っ切れたように清々《すがすが》しい笑みを浮かべた雫音は、最初の印象よりずいぶん柔らかく見える。

「ありがとう、命を救ってくれて」

「どういたしまして」

その後、お腹《なか》がすいたという雫音のためにハーブと野菜のポタージュを振る舞う。飾りにスミレや撫子《なでしこ》を散らして出すと、彼女は大いに喜んだ。

「そういえば秋水様との話、聞いていたわ。貴女、まさか陽世へ帰るつもりじゃないわよね」

何も答えない千景に、彼女は真剣な面持ちになる。

「私がこんなこと言える立場じゃないけど、秋水様をお側《そば》で支えられるのは、貴女しかいないわ」

「……私は用無しになりました。代わりを探すと秋水さんも言ってましたから」

「まだそんなこと言ってるの」

雫音はやれやれとため息をついてから、諭すように続ける。

「きっと今回のことだって、あの方はすべて自分の責任だとお考えになっているはず。だから貴女を自由にするなんて仰《おっしゃ》ったのよ」

それは千景も薄々感じていたことだった。おそらく秋水は一連の責任を取る形で、千景を手放すと言ったのだろう。

結婚を拒み、陽世で慎《つつ》ましく暮らすことを望む彼女にとって、それは願ってもない話のはずだった。けれどここへ来た頃とは、状況も千景の気持ちも変わってしまっている。簡単に受け入れられないのもまた、本心だった。

自分はどうするべきなのか、どうしたいのか。答えが出せないでいるうちに、気がつけば数日が経過していた。

その間に雫音は回復し、後日改めて礼をしたいと庵《いおり》をあとにした。千景の様子がおかしいのを気にしたのか、駒がなにかと世話を焼きに来てくれたものの、ゆっくり話をする機会に恵まれないまま。

神妙な顔をした藍墨と真白の訪問を受けたとき、事態は急速に動き始めるのだった。

第四章　陽のあたる場所へ

1

「……もう一度、言ってもらえますか」

藍墨《あいずみ》から告げられた話がにわかには信じられず、千景《ちかげ》は思わず聞き直していた。

目の前に座る藍墨は相変わらずの仏頂面だが、面倒がる様子もなく同じ言葉を繰り返す。

「お前の母親が見つかった。陽世《あきよ》にある病院に入っている」

やはり聞き間違いではなかった。

早朝に庵を訪れた兄妹《きょうだい》を見た時、なにか大事な話があるのだと察した。それくらい二人の様子はいつもと違っていたし、覚悟はしていたものの。

あまりに想定外の〝報告〟に、千景は動揺を抑えることを忘れ、畳みかけるように問いかけていた。

「どういうことですか。なぜ藍墨さんが私の母を知っているんですか」

「主神《しゅしん》から捜すよう頼まれていた」

秋水《しゅうすい》の依頼と聞き、千景の動揺はさらに色濃くなる。

「でも、どうやって見つけたんです。手掛かりなどなかったはずなのに」

「悪いがあのお守りを借りた」

その言葉に、千景ははっと帯からお守りを取り出した。真白《ましろ》を見ると、彼女は申し訳なさそうに謝り。

「あのお守りはお母さまからいただいたものだと、深樹《しんじゅ》さまにうかがいましたわ。できれば断りを入れてお借りしたかったのですが、千景さまには黙っておくよう、申し付けられましたので……」

聞けば、お守りに残っていた母親の気の匂いを、辿《たど》ったのだそうだ。まさかそんなことがと思ったが、この兄妹ならあり得るのだと気づく。

「……よく残っていましたね。十五年も前のものなのに」

「ただの持ち物なら、難しかっただろう。だがああいったものには、持ち主や贈り主の念がこもっていることが多い」

「あのお守りにも、お母さまの念がわずかながら残っていました」

手にしたお守りを見つめていると、言い知れぬ感情が湧き上がった。

この中に残されていたのは、一体どんな念なのか。今さら知りたくもないという思いと、断ち切ったはずの母への思いが、入れ替わりながら絡み合う。

「お母さまは、もう永くないそうです」

はじかれたように顔を上げると、真白が切としたまなざしを向けていた。

彼女の話によると、母は随分前から病を患っており、現在は歩くこともままならないという。

「勝手だとは思いましたが、わたくし人間のふりをして、お母さまとお話ししましたの。最初はなかなかお話しになりませんでしたけれど……あるとき、打ち明けてくださいましたわ」

——私ね、あなたくらいの娘がいるんよ。

何も言えずにいる千景に、真白はやわらかく微笑《ほほえ》んだ。

「お母さまは千景さまのことを、気にかけていらっしゃいました」

「……今さら、そんなことを言われても」

ぎゅっと握り締めた手が、微《かす》かに震える。母は自分のことを忘れていなかった。でもそれならなぜ、会いに来てくれなかったのか。

真白はええと頷《うなず》いてから、穏やかに告げた。

「わたくしたちは、この事実をお伝えしにきただけ。どうなさるかは、千景さまご自身がお決めになってください」

◇◇

俺を後にした藍墨は、ちいさくため息を漏らした。隣で俯《うつむ》き加減に歩く真白も、いつもより言葉少なだ。

千景にとって決して悪い報告をしたわけじゃない。それなのにもやもやとした感情が、藍墨の真ん中にのしかかっている。

あれほど動揺した彼女を見たのは、初めてだったからだろう。

「……千景さま、きっと陽世へお帰りになるでしょうね。お優しい方ですもの」

ぽつりと呟《つぶや》いた真白に、仕方なく頷く。

「だろうな」

千景の母親に対する複雑な感情は漏れ聞いているし、あの表情を見れば嫌でもわかる。きっと今頃、さまざまな感情の狭間《はざま》で揺れ動いているのだろう。

けれど聡《さと》い彼女のことだから、帰るための道筋が既に作られていることに気づくはずだ。

それが誰の手によるものかも。

「これで、よかったのですわね？」

「ああ。そうだ」

あえて言い切ってやると、真白は安心したように頷いてから、胸の前に手を当てた。

「わたくしあのお守りの中身を見て、いろいろ分かりましたの。秋水さまと千景さまは、きっと運命で結ばれていますのね」

彼女の黄水晶のような瞳は、まるで美しいものを発見したかのように、きらきらしていた。あまりに純粋なその輝きに、つい苦笑が漏れる。

「そんな綺麗《きれい》なものかはわからないがな」

「あら、愛はいつだって美しいものですわ。美しくて、きらきらしていて、痛いんですのよ」

「お前……どこでそんなこと覚えた」

そういえば最近、妹は陽世で手に入れた男女の絵《恋愛漫画》がついた本を、熱心に読みふけっていた。

ときどき男同士だったり、女同士だったり、人間ですらないこともあった気がするが、あまり触れないでいた方がよさそうだ。

「ねえ、兄さま。千景さまは月世《つくよ》へ戻ってきてくださるかしら」

「どうだかな。あいつにはあいつの生き方があるだろうし」

それを聞いた真白は、ふふっと笑みを漏らした。

「なんだ？」

「すっかり千景さまの理解者ですわね。兄さまは噛《か》み砕《くだ》いても割れない石頭だと、思っておりましたけど」

「……石頭は余計だ」

正直にいえば、千景のことは今でもよく分からない。

慇懃無礼《いんぎんぶれい》で愛想が無いのに、妙に義理堅く情深い。語る言葉は理路整然としているのに、予想もつかない行動をする。

何を考え、何を望んでいるのか。分かりそうで分からなくて、放っておけない自分を持て余してさえいる。

藍墨はやれやれと、朱鷺色《ときいろ》の空を見上げた。

「難しいものだな。皆が納得する道を選ぶのは」

「そのようなことは無理ですわよ。どのような道を選んだとしても、不満に思う方はいらっしゃいますもの」

「俺は今でも信じられん。あれほど花嫁に執心していた主神が、手放す決断をするとはな。気持ちが冷めたようには見えなかったが……」

それを聞いた真白は呆《あき》れた様子で、かぶりを振った。

「もう、兄さまは秋水さまのお側仕《そばづか》えですのに、なんにもお分かりでないのね」

「どういうことだ？」

「ご自分でお考えくださいませ」

つんとそっぽを向く妹に、藍墨は不服そうに唸《うな》りつつ。あとで駒《こま》にでも聞いてみようかと考えてみたが、もっと怒られそうな気がしたのでやめておくことにした。

◇◇

藍墨と真白が、千景に『報告』をした翌日。

早朝から月白《げっぱく》殿で執務に就いていた秋水は、侍従から巫女《千景》が会いに来たと聞き、すぐに向かうと返事した。

軽く身支度を整え、鏡の前に立つ。いつもの表情《かお》をしているか、心情が目に映り込んでいないか確認し、謁見の間へ向かう。

これからのことを考えると、今の状態を維持できるか、はなはだ自信はなかったが。

「こちらに出向いてくれたのですね」

そう告げた先で、千景はいつものように淡々と答えた。

「わざわざ来ていただくのは、申し訳ありませんから」

今日の彼女は象牙色の着物を、身にまとっている。駒から着付けを習ったらしく、着物姿もすっかり板についてきた。

「それで用件は？」

「先日の返事をお伝えしにきました」

やはりと思うと同時に、わずかな緊張が走った。答えなど分かり切っているのに、もしかしてと期待してしまう自分に、ほとほと愛想が尽きる。

他の選択肢など選べないよう、外堀を埋めたのは他でもない自分なのに。

「私は、陽世へ帰ります」

体から力が抜けていくのが、わかった。

そうして欲しいと心から願い、彼女も汲《く》み取ってくれた。すべてが予定通りで何ひとつ不備などないのに、油断すると声が震えそうになる。

「わかりました。明日にでも陽世への扉を開かせましょう」

「ありがとうございます」

千景は丁寧に座礼すると、一度だけ秋水の顔を見た。その目は想像以上に静かで、思わず声をかけてしまう。

「千景」

「はい」

「……今まで、ありがとうございました」

彼女は一瞬沈黙してから、ふっと表情をやわらげた。

「こちらこそ」

見送りは雫音《しずね》に任せ、秋水はひとり残された部屋で、千景が座っていた場所を眺めていた。ここで彼女に求婚を断られたことが、ずいぶん昔のことのように思える。

「主神、そろそろお時間が」

顔を見せた藍墨に、重い腰を上げる。執務室へ戻る背に、躊躇《ためら》いがちな声が届いた。

「……本当によろしかったのですか」

「千景が決めたことですから」

少しの間のあと、先ほどよりもはっきりした声が投げかけられる。

「俺は今でも信じられません。主神にとって千景殿は、唯一無二だと認識しておりましたが」

「ええ、その通りですよ」

「ならばなぜ」

立ち止まると、背後の足音も止まる。振り返った先で、鋭い銀眼が気まずそうに伏せられた。

「……申し訳ありません。出過ぎた真似《まね》を」

「私たちの結婚を阻もうとしていた貴方《あなた》が、そのように食い下がるのは意外ですね」

それを聞いた藍墨は、分かりやすく狼狽《ろうばい》していた。どうやら本気で秋水に気づかれていないと思っていたらしい。

実直すぎるこの男と正反対の妹で、足して二で割るとちょうどよいのだろうが。

「主神、俺は決してお二人の幸せを壊そうと考えたわけでは……」

「貴方の忠義はわかっているつもりです。そうでなければ、出過ぎた真似だとわかっていながら、踏み込んでくる非礼を許しはしませんよ」

一瞬、二人の間に緊張が走った。

藍墨は返す言葉を失《な》くしながらも、引き下がる気配はない。ある意味での図太さと頑固さに、つい苦笑を浮かべる。

何を差し置いてでも秋水を一番に考え、必要とあらば異を唱える。そういう男だから、傍《そば》に置いてきたのだ。

「藍墨には話しておくべきだったかもしれませんね。千景が何を望み、何を恐れていたのかを」

愛を知らないなら、教えればいいと思った。慈しんで、可愛《かわい》がって、何不自由なく与えていればよいと、思っていた。

家族などいらないと言っていた彼女が、本当は何を望んでいたのか。あれほど傷つけるまで、何も分かっていなかった自分に心底、呆れている。

「千景は何度も、巫女《みこ》の使命は必ず果たすと言ってくれていました。にもかかわらず私は、彼女の誠意を裏切ったのです」

約束を信じ切れず、都合の悪いことから遠ざけた。信じた相手に裏切られることを、千景は何より恐れていたのに。

「遠征地でのことは致し方なかったでしょう。俺が同じ立場でも、あの場に彼女を呼ぶなどできるはずがありません」

藍墨の反論に、ええと頷《うなず》きつつ。

「ですが、報《しら》せることはできたはず。私がすべきだったのは彼女にありのままを伝え、信じて帰還を待つよう頼むことでした」

「仰《おっしゃ》る通りかもしれませんが……非常事態にそこまでの判断は難しいかと」

「非常時だからこそ、心根が出てしまうものですよ。千景もそれが分かっていたから、泣いたのです」

見知らぬ世界に連れ去ったときでさえ、涙ひとつ見せなかったのに。そんな彼女が初めて零《こぼ》した涙は、溢《あふ》れ出た心の叫びそのものだった。

「彼女を失望させてしまった私に、これ以上縛り付ける資格はありません」

藍墨はしばらく唸っていたが、ひとつひとつの言葉を確かめるように、切り出した。

「俺はやはり納得がいきません。確かに主神がなさったことは、千景殿を傷つけたのでしょう。ならば謝罪し、もう一度関係をお築きになれば済むことです。彼女もそう望んでいたのではないですか」

「さすがは、千景のことをよくわかっていますね」

ぐ、と言葉に詰まる藍墨に、秋水は笑みつつ。

「貴方の想像通り、千景は私を許そうとしてくれました。それゆえに私は、彼女との関係を白紙に戻《やりなお》すことにしたのです」

今のままでは、彼女の望む『対等』な関係は築けない。ならばここから解放してやるのが、自分にできるせめてもの誠意だと思ったから。

「……ではそのために、千景殿を手放したと」

「もし彼女が月世に帰ってこなくても、巫女の代わりは見つけます。貴方の心配するようなことは、何もありませんよ」

そう告げた先で、藍墨は絶句したまま何も応えることはなかった。

◇◇

――一ヶ月後。

陽世の生活に戻った千景は、すっかり見慣れた病室の前に立っていた。

プレートに書かれた名前は、彼女の母親のもの。

扉をノックをすると、奥から微《かす》かな返事があった。中に入ると、ベッドに寝たままの母が小さく笑んだ。

「ああ千景、来てくれたんね」

「具合はどう？」

「今日はだいぶええよ」

そう返し、ベッドの傍らにあるパイプ椅子に荷物を置く。こちらを見上げる母の顔は、記憶にあった彼女とは別人のように痩せていて、誰だか分からなかったほどだ。

陽世に帰ってきてすぐ、千景は藍墨たちに教えられた病院を訪ね、母と再会を果たした。会いに行くかどうか、迷いがなかったわけではない。けれど今の彼女にとって、月世を去った時ほどの決断は必要なかった。

あの場所での暮らしが、いつの間にか自分の中で大きな割合を占めていたことに、今さらながら気づいたものだ。すべてはもう、終わってしまったことだけれど。

「お母さん、足マッサージするね」

「ありがとう」

ここのところ、千景は毎日のように母親の病室を訪れていた。

無断欠勤していたバイトは目出度《めでた》くクビになっていたが、それを見越した秋水から当面の生活費を渡されていたので、すぐに仕事を探す必要は無かった。大学は既にほとんど単位を取り終えているので、大して行く必要もない。（千景がしばらく失踪していたことにも、気づかれていなかったくらいだ）

そんなわけで時間だけは十分にあるものの、ここへ来て何をするでもなく、身の回りの世話や洗濯物を入れ換えて帰るだけのことも多い。離れていた時間が長すぎて、ひと通り近況を報告してしまえば、お互い何を話せばいいのか分からないのだ。

いつものように寝たきりの母の足を揉《も》んでいると、ぽつりと呟《つぶや》きが聞こえてきた。

「あんたがこうして会いに来てくれるなんて……今でも信じられんわ」

娘が会いに来たと知ったときの彼女は、驚きと後ろめたさと嬉《うれ》しさが、すべて同居した顔をして泣いていた。

落ち着いてから聞いた話では、今の母は一人暮らしで、身寄りもないという。一度再婚をしたそうだが、長続きしなかったそうだ。

「結局私は、駄目な男の人ばかり好きになってしまうんよね」

そう言って、彼女は悲しそうに笑っていた。父のことは何も聞かれなかったので、敢《あ》えて千景も何も言わないことにした。

足の次に背中をさすりながら、千景はふと問いかけてみた。

「ねえ、お母さん。大三島《おおみしま》で私にくれたお守りのこと、覚えとる？」

「ああ……大山祇《おおやまづみ》神社で買《こ》うたやつかいね」

「そうそう」

バッグから取り出して渡すと、母は色あせた袋を懐かしそうに撫《な》でた。

「まだ持っとってくれたんじゃねえ」

「お母さんが残した物はほとんど処分したけど……これだけは、私にくれたものだったから」

「……ほうやったね。あんたにはなんも買《こ》うてあげられんかった」

千景は母からお守りを受け取ると、中にある欠片《かけら》を示してみせた。

「私ずっと聞きたかったんよ。これはどこで手に入れたん？」

「どこでって……覚えとらんの？　千景が神社の前で見つかったときに、握ってたものじゃがね」

「え？」

予想外の返答に、思考が一瞬フリーズする。母の言っていることが、なにひとつ自分の記憶に繋《つな》がらないのだ。

「ちょっと待って。私が神社の前で見つかったって……どういうこと？」

戸惑う千景に母は「本当に覚えとらんのじゃね」と驚いている。

「あの日、あんたは私とはぐれて、迷子になってしもうたんよ」

話によると、神社の近くで母がお土産を見ている間に、いつの間にか姿が見えなくなったという。しばらく付近を捜しても見つからず、警察や近隣の住民総出で捜索したそうだ。

「これは海に落ちたんかもしれんって、大騒ぎになってねえ……生きた心地がせんかったわ。でも日が暮れたころになって、神社の前に座っていたのを、宮司さんが見つけてくれたんよ」

「そうだったんだ……全然覚えてない」

「まだ小さかったけんね。怖くて、忘れてしもうたんじゃろう」

その言葉に、千景は強烈な違和感を覚えた。

(怖かった……？)

いや、自分はそんな感情をあの島で抱いた記憶はない。

大山祇神社を再び訪れたときだって、懐かしいような、切ないような、よくわからない感情が湧き上がってはきたものの、そこに怖さはなかった。

（……そうだ、思い出した。あの時確かに私は、お母さんとはぐれてどこかに迷いこんだんだ）

母の証言がきっかけで、おぼろげながら少しずつ記憶が蘇《よみがえ》ってくる。幼かった自分は神社の奥に何があるのか気になって、鳥居をくぐり、広い参道を歩いた。

でもその先にあった神門を通り抜けたところで、景色は一変してしまった。

何が起きたかわからないままたどり着いた場所には、金の眼《め》をした白い大きな生き物がいて、その生き物は酷《ひど》い怪我《けが》をしていて――

「千景、どうしたん？」

「……あ、ううん。ちょっと色々思い出してただけ。それで、見つかった時の私がこの欠片を握ってたんよね？」

当時母親は千景にこれが何か尋ねたが、要領を得なかったそうだ。

「何かはわからんかったけど綺麗《きれい》じゃったしね。ちょうどええわと思って、神社で買うたお守りに入れたんよ」

「そっか……話してくれてありがとう。長年の謎が解けてよかった」

それを聞いた母は、なぜか黙り込んでしまった。

どうしたのと問いかけようとして、口をつぐむ。彼女の目から涙が伝っていたからだ。

「……千景、ごめんな。本当に、ごめん……」

母は嗚咽《おえつ》を漏らしながら、繰り返し謝り続けた。

「幼いあんたが私を呼び続けてたのに、振り返ることができんかった。何度も会いに行こうと思ったけど、勇気が出んかった。今さら許されることじゃないって、わかっとるけど」

「もうええよ」

千景は自分が不思議なほど落ち着いているのを感じていた。母を責める気持ちも、軽蔑する気持ちも、まるで湧いてこない。

「私、お母さんのこと恨んでたわけじゃないんよ。謝ってほしくてここに来たわけでもないし」

「そんな嘘《うそ》は言わんでええ。こんな酷い母親のこと、恨んで当然じゃ」

「嘘じゃないよ。私、お母さんのこと大好きだったもの」

幼い子供というものは、無条件に母親が好きなものだ。自分の世界には他に誰もいなくて、ただただ母が好きで、笑っていてほしくて。

「だから置いて行かれたときは、ものすごくショックだったし、悲しかった。私が駄目な子だったから、お母さんに捨てられたんじゃって、ずっと思ってたし」

「そんなことない。そんなこと」

「わかってるよ」

母には母の事情があった。わかってはいても大好きな母に手を離された傷は、取り返しがつかないほど深く、千景の人生を昏《くら》く照らし続けた。

でももう、いいのだと思えた。

今の千景の世界にいるのは、母ではない。自分はいつだって、陽のある方へ行けばいいのだと、気づいたから。

「大丈夫。私、ちゃんと生きるから」

そう微笑《ほほえ》んでみせた先で、母は泣きながら何度も頷《うなず》いた。握った手の温かさを、今度は忘れないよう胸に刻んで。

その後、しばらくして母は亡くなった。

身寄りのなかった彼女が、千景を受取人にした保険をかけていたことを、後になって知った。

そのお金は母の葬儀や学費の残りを払っても、十分に余るほどだった。

2

月世の空は、今日も雲ひとつない朱鷺色《ときいろ》だ。

変化に富んだ陽世の空も美しいが、やわらかで曖昧なこの空が、秋水は好きだった。鮮やかな色も、控えめな色も、すべてありのままに受け入れてくれるような気がするから。

大楠《おおくす》を訪れている彼は、一番太い枝に腰かけ、遠くに見える月白の街並みを眺めていた。

頭上では自分の元に戻って来た翠《すい》が、レンギョウを始めとした精霊たちと遊んでいる。あの丸っこいフォルムでよく登れるものだと、毎回感心してしまうのだが。

ふいに気配を感じ、秋水は真下に視線を落とす。こちらを見上げる垂れ気味の目が、おかしそうに細められた。

「何かあったらここへ来るのは相変わらずだのう、秋水」

深樹はよいしょと飛びあがり、近くの枝に腰を下ろした。秋水はあちこちに芽吹いた若葉を眺め。

「すっかり立ち枯れていた部分が治りましたね」

「おかげでずいぶん調子がええわ。あと千年は生きられそうじゃのう」

かっかと笑う深樹を見て、微笑みつつ。

「陽世へ行っていたのですか」

「そんなところだのう。あっちは雨の時季になっとるし、わしら樹木にとっちゃあええ季節じゃ」

そういえば子どもの頃、彼が梅雨という季節のことを話してくれた。雨の季節は癒《いや》しであり、としとしと降り続く雨のなか、咲き誇る紫陽花《あじさい》が美しいこと。雨の季節は癒しであり、ときに陽が恋しくなること。その矛盾をはらんだ心地よさが、嫌いではないことを。

「で、どうしたんぞ？　まあ聞かんでも大体分かるがのう」

「分かるなら聞かなくても良いじゃないですか」

「いやそうじゃけんど、一応な？」

「……面倒くさいです」

「お前さんな……」

「冗談ですよ」

そっけなく応えると、深樹はやれやれと苦笑する。こんなやりとりができる相手はもう、彼くらいになってしまった。

主神という立場は、常に揺るがず強くあらねばならない。そうやって己を律することで、

『兄の代わり』という重圧になんとか耐えてきた。

けれど時々、無性に虚《むな》しくなることがある。

一体自分は、どこへいこうとしているのだろう。誰に認められれば、自分を認められるのだろうと。

千景を失って、ひと月半経《た》った。

見ないようにしてきた心の穴は、塞がるどころか、日を追うごとに深くなっている。

周囲には「代わりの巫女《みこ》を見つける」と言ったものの、千景の代わりなどいるはずもないことは、秋水自身が一番わかっていた。

彼女を失えば、いずれ自分が窮地に陥るであろうことも。

「それなのに、なんで手放した？」

耳を傾けていた深樹の問いかけに、苦笑を返す。

何を犠牲にしてでも、千景を自由にしてやりたいと思った。こんな感情が生まれてきた自分が、最初は信じられなかったものの。

「結局、私は彼女に笑ってほしかったのだと思います」

最後まで、笑顔を見ることは叶《かな》わなかったが。

深樹はこちらを黙って見つめていたが、やがて腕組をして嘆息した。

「のう、秋水。そろそろ教えてくれんか、あの嬢ちゃんのことを」

適当なようで多くを見透かす深山色の瞳へ、観念したように笑う。

「やはり深樹には、隠せませんね」

「わしだけじゃねえ、あのお守りの中身を見た月世人《つくよびと》は気づいとるで。お前さんと嬢ちゃんが、ずいぶん前に出会《でお》うとるってことは」

秋水は遥《はる》か遠くを見るように、視線を馳《は》せた。深く鮮やかな蒼《あお》に、過去の記憶が走馬灯のように映り込む。

「月黄《げつおう》の街で発生した門のことは覚えていますか」

「あん時のことか……大勢が亡《の》うなったのう」

秋水が月白殿の主神を継いで数年経った頃、大規模な門が発生したことがあった。出現場所が悪く多くの犠牲が出ていたため、早急な対応が求められていたが、当時の秋水には荷が重すぎた。

周囲が長期戦が妥当だと進言するなか、秋水はそれらを跳ねのけて、半ば無理やり破壊へと至ったのだが。

「あの日私は己の限界を見誤り、瀕死《ひんし》の重傷を負いました」

「そうじゃったな。あの頃のお前さんは危なっかしくて、見てられんかったわ」

引き連れていた部下を死なせ、たった一人でなんとか月白区まで戻って来たものの、そこで力尽きてしまった。

「このまま死ぬのだろうと思っていた私の前に、見知らぬ少女が現れたのです」

彼女のまとう気配に、陽世人《あきよびと》だとわかった。

なぜここにと思いはしたが、既に意識は朦朧《もうろう》としていたため、少女がこちらに気づき歩み寄ってくるのをただ見つめていた。

少女の幼いながらも凛《りん》とした瞳が、じっと秋水の姿を見て、言った。

〝すごいけが。だいじょうぶ？〟

言葉を返す気力のない秋水に、少女は手にしていた一輪の花を差し出した。

〝これあげるから、げんきだして。わたしがそだてたの〟

ほとんど無意識に、その花を口にした。食べられると思っていなかったのか、少女は驚いたように目を丸くしていた。

〝おいしいの？〟

「とても、美味《おい》しいです」

言葉が出た自分に驚いた。本当にわずかだが、尽きかけていた命が零《こぼ》れ落ちず踏みとどまったのを感じる。

突然喋《しゃべ》った秋水に、少女はさらに目を丸くしていたものの。それはそれは嬉《うれ》しそうに、笑ったのだ。

〝よかった〟

ああ。花が咲くとはこういうことなのだと、秋水は思った。

無邪気で、愛らしくて、世界の祝福に満ちていて。

少女の笑顔はどんな華麗な花より鮮烈に、彼の心を染めつけた。その証拠であるかのように、金眼だった両の瞳はいつしか新たな色を宿していた。

まるで少女がくれた、矢車菊《コーンフラワー》の蒼のように。

「……まさかお前さんの命を救ったのが、嬢ちゃんだったとはのう」

話を聞き終えた深樹は、感服したように息を吐いた。

「あの時の彼女はたまたま開いていた扉を通じて、月世へ迷いこんだようでした」

誰かが開いたのか、偶然開いていたのかはわからない。いずれにせよ扉が閉まり切る前に帰らせる必要があったため、多くの会話はかわせなかった。

「じゃあ嬢ちゃんとは、それっきりか」

「ええ。捜そうとはしたのですが」

あの時の少女が命花《みことばな》の種を宿していることには、気づいていた。

怪我《けが》から回復した秋水は陽世へ向かい、少女を捜した。しかし手がかりは「ちかげ」という名前しかなかったため見つけることができず、以降もあの島で見かけることはなかった。

諦めきれないまま年月が経ち、もう無理かと思い始めていた矢先——大人になった彼女が、大山祇神社に現れたのだ。

あの時の少女だと気づいたとき、秋水からすべての余裕は消え去った。

ただただ、彼女を手に入れたかった。触れたかった。存在を確かめたかった。

自分の傍《そば》に置いておきたくて、逃がしたくなくて、囲うことで安心を得ようとした。

けれど彼女を知れば知るほど、愛《いと》しいと思えば思うほど、苦しさが募っていくのだ。

「……のう秋水。さっきからわしは、どうも腑《ふ》に落ちんのじゃが。なんで嬢ちゃんに昔会《お》うたことを黙っとった？　正直に言えばええじゃろうに」

「彼女自身に思い出してほしかったからです。私から言うのは、取引において公平《フェア》ではありませんから」

「ほんまにそれだけか？」

深樹は納得していない様子で、疑わし気な視線を向けてくる。

「お前さんは目的のためなら、手段を選ばんところがあるからのう」

図星を付かれ、黙り込む。彼の言う通り、千景を手に入れるために必要だと判断すれば、最初の時点で告げていただろう。

「……嫌われたくなかったのです」

「はあ？」

素っ頓狂な声をあげる深樹へ、秋水は躊躇《ためら》いがちに告げた。

「私が千景に出会ったのは、彼女がまだ幼少の頃です。その頃から想《おも》い続けていたというのは……重いのではないかと……」

一瞬の間があり、大きな笑い声が響き渡った。腹を抱える深樹へ、恨めしげに言いやる。

「そんなに笑わなくてもいいじゃないですか」

「いやだって、のう。今だって大概重いっちゅうのに、この期に及んでそんなことを気にしとったとは」

すまんすまんと謝る彼へ、秋水はよくわからないと言った表情を浮かべる。

「今の私、重いですか？」

「え……まさか自覚なかったんか……？」

深樹は愕然《がくぜん》としたようにこちらを見つめていたが、すぐに「まあええわ」と切り替えた。

(彼の細かいことは気にしない性格を秋水は好ましいと思っている)

「心配せんでええ。あの嬢ちゃんならその重さごと、お前さんを受け止めてくれるじゃろう」

「……ですがもう」

自ら彼女を手放すと決めたのだ。今さら戻ってきてくれなどと、言えるわけがない。

「秋水。お前さんは、一番大事なことをまだ伝えとらん」

「諦めるのはそれからでも遅うない。大切なのは、ホウ・レン・ソウ、じゃろう？」

顔を上げた秋水に、深樹は袖から取り出した蜜柑《みかん》をぽんと渡した。

◇◇

誰もいない家の中で、千景はうちわ片手に机へ向かっていた。庭の手入れをする代わりにタダ同然で借りている古家は、最近まで続いていた雨であちこち雨漏りした跡がある。

小さいながらも母の葬式を終え、諸々《もろもろ》の手続きが終わると気が抜けたのか、千景はここ数日体調を崩していた。二日ほど寝込み今日になってやっと熱も下がったため、中断していた公務員試験の勉強を再開したのだ。

静まり返った室内では、紙をめくる音がやたら大きく感じる。一時間ほどやったところで、ため息が漏れた。長らく勉強から離れていたせいか、体調がまだ悪いのか、なかなか集中力が続かない。

仕方なく机を離れると、気分転換に外の空気を吸いにいく。縁側へ続く障子を開けた瞬間、伸び放題になっている草花の合間で、たくさんの蒼が目に飛び込んできた。

「矢車菊……いつのまに」

吸い寄せられるように、庭へ降りた。

去年のこぼれ種から咲いたのだろう、小さな花弁がたくさん集まった花は、華やかなのにどこか繊細さを感じさせる。

なにより目が覚めるような深い蒼が、千景の視線を捉えて離さない。そっと花弁に触れ、なにげなく問いかけた。

「あなたは月世にも、咲いているの？」

あの庭で、綺麗《きれい》な蒼を咲かせているだろうか。駒や翠や……秋水は、見てくれただろうか。

確かめることなどもうできないのに、そんなことを考えてしまう自分に苦笑する。

ふと手首の紋に視線がいき、指でなぞってみる。結局五枚の花弁は一枚だけ色づいたけれど、その後は変化しないままだった。

この花紋も、いつかは消えてしまうのだろうか。月世での思い出とともに、綺麗さっぱり。

「そんなの嫌」

無意識に漏れた言葉に、千景は驚いた。けれど彼女は矢車菊を見つめ、もう一度はっきり口にした。

押し込めていた本心を解き放った途端、急に心が動き始めた。湧き上がる感情の塊は記憶の鍵を解放し、一番大切なことを掬《すく》いあげてくれる。

「そんなのは、嫌」

──そうだ。やっと思い出した。

自分はあの時、怪我をしていた生き物と約束したのだ。どうしてこんな大事なことを、ずっと忘れていたのだろう。

千景は母の形見となったお守りから、中身を取り出した。硝子《ガラス》に似た欠片《かけら》は、今日も月の光をまとったように、白銀に輝いている。

かざす向きを変え、一瞬のぞいた蒼《あお》に、涙が零れた。

「……私、一番大切なこと何も伝えてなかった」

あれほど、言葉を尽くすことが大切だと言ったのに。

彼はずっと、約束を果たしてくれていたのに。

千景ははじかれたように立ち上がると、矢車菊を摘んで束にした。

家を出てしまなみ海道行きのバスに乗り、大三島へと向かう。多々羅《たたら》大橋から見える瀬戸内海は暮れゆく夕陽《ゆうひ》で、眩《まぶ》しいほどに輝いていた。もうしばらくすると、空も海も藍に染まり夜が始まるだろう。

腕の中で、蒼の花束が揺れている。

（そういえばあの日も、こんなふうに花を持っていたんだった）

母と島へ向かったバスの中。

母とのお出かけが嬉しくて、お気に入りのものを持っていきたくて、千景は咲いたばかりの矢車菊を摘んでいくと言ってきかなかった。一本だけにしなさいと言われ、とっておきのを選び、窓から見える景色にはしゃぎながらずっと手にして。

——また、受け取ってくれるだろうか。

もう彼は、代わりの巫女《みこ》を見つけてしまっているかもしれない。自分のやっていることは、迷惑でしかないかもしれない。

それでも確かめずにはいられなかった。

私はまだ、約束を果たせるのかと。

島に着いた千景は、まっすぐに大山祇神社へ急いだ。黄昏《たそがれ》時の神社は始まりかけた夜になにもかもが溶けこみ、まるでこの世とあの世の境のようで。

鳥居をくぐり、ひと気の無い参道を歩き、神門が近づいてきたときだった。

「お久しぶりですね、千景さん」

聞き覚えのある声が、薄闇の中から聞こえてきた。ほの灯《あか》りの下に現れた姿を見て、千景は一瞬言葉を失《な》くす。

「……昏明《こんめい》さん？」

「ああ、忘れないでいてくれたんですね」

にこりと微笑《ほほえ》む姿は、月世で見たときのまま。刀で切り揃《そろ》えられたような髪と、朱を目尻に引いた目が、どこか妖しげな色を宿している。

「まさかこんなところで会うとは思いませんでした。あれから見かけなかったので、どうしていたのかと」

「僕のこと心配してくれてたんですか？　嬉《うれ》しいなあ。陽世へは気が向いたときに来てるんですけどね」

その言葉に、千景は強い違和感を覚えた。こちらへ歩み寄って来た彼に、思わず後ずさりする。

「あれ、どうしたんです？」

「……気が向いたとき？　陽世への自由な出入りは、一部の高位神にしか許されていないと聞いていますが」

それを聞いた昏明はああと頷《うなず》いて、口の端を上げた。

「実は僕、割と偉い神さまなんです」

「え？」

神使《しんし》だと聞いていたのは、嘘《うそ》だったということか。でも駒や雫音は、彼のことを神だとは認識していなかったのに。

「どういうことですか。貴方《あなた》は月白殿に仕えているんですよね？」

「まあ細かいことはいいじゃないですか。それより千景さん、月世へ戻るつもりなんでしょう？」

無言の千景に、昏明はまったく悪びれない笑みで訊《き》いた。

「僕が邪魔するって言ったら、どうします？」

周囲の空気が、凍ったように感じた。細められた瞳の奥に底知れぬ闇を見た気がして、千景は言葉を発せない。

立ち尽くした彼女を見た昏明は、おかしそうに笑いだした。

「冗談ですよ。ちょっと言ってみたかっただけです」

ふっと和らいだ彼の眼《め》は、いつもの調子に戻っていた。

「聞きましたよ。千景さんが一日花《いちじつか》を咲かせて、雫音さんを救ったって」

「……そう、ですか」

「あの傷まで治せてしまうんですね。結構、深かったと思うんですけど」

千景は再び黙り込んでしまう。

昏明はなぜ、雫音の傷の状態まで知っているのだろう。あれを見たのは、現場にいた者だけなのに。

「貴方は一体、誰なんですか」

その問いかけに、昏明はにっこりと笑みだけを返してから、神門を指さした。

「ほら。月世への扉、開きましたよ。今ならここを通り抜ければ、あちらへ出られます」

神門の先は暗く、ここからでは何があるかまったく見えない。

躊躇《ためら》う千景を見て、彼はくすりと笑った。

「そんなに警戒しなくても、嘘じゃありません。でもいいんですか？　ここを越えれば今度こそ、一生戻ってこられないかもしれませんよ」

振り返った先で、昏明は試すようなまなざしを向けていた。千景はすっと視線を前に戻すと、一度だけ深呼吸し、今度は迷わず言い切った。

「それでも、構いません」

「どうして？」

「私は、私が選んだ道を後悔しないからです」

誰のためでもない、自分のために私は境界を越えていく。

そこが陽のあたる場所だと、信じることにしたから。

「……なるほど。さすがは月白殿の主神が選んだ方だ」

昏明はほんの少し寂しげにつぶやいてから、千景の背を押した。

「さあ、早く行ってあげてください。あんまり待たせると可哀《かわい》そうですよ」

「あの」

振り返った先で、彼の輪郭が闇に紛れていく。

「さようなら、千景さん。またどこかで」

すべての音が消え失《う》せ、視界が曖昧になっていくのがわかった。

とぷん、と水に沈んだような音がしたと思った直後――世界は反転した。

※

穏やかに降りそそぐ陽《ひ》ざしに、千景は目を細めた。

朝が始まったばかりの、ひんやりとした空気が清々《すがすが》しい。久しぶりに見た朱鷺色《ときいろ》の空が、ここが月世であることを告げていた。

ゆっくりと辺りを見渡すが、近くに目立った建物は無く、月白殿の中でないことは明らかだった。どうやら異界への扉は、毎回同じ場所に出るというわけでもないらしい。

「……ここ、どこだろう」

今いる場所が月世のどのあたりなのか、まったく見当がつかない。ずいぶん先の方まで草原地が広がっていることだけは、わかるのだが。

千景は深呼吸すると、花束を胸に抱いて一歩踏み出した。このままここで誰かを待つより、自分の足で歩いていきたかった。

穏やかな風が頬を撫《な》で、瑞々《みずみず》しい香りを運んでくる。周囲はとても静かで、人や動物の気配はないが、そこかしこに咲いている野花が千景の足を運ばせてくれる。

ゆるやかな丘陵地を登り切ったところで、急に視界が開けた。前方にはすり鉢状の地形が広がっていて、中央部の平地がここから見てもわかるほど、蒼く染まっている。

（もしかして）

思わず、駆け出していた。

息を切らしながら走り、たどり着いた光景を前に、しばらく立ち尽くす。


そこは一面、矢車菊が咲き誇る花畑だった。

千景が手に抱えているものと同じか、それ以上の美しい蒼が、地面を覆っている。

なぜこの場所にだけ矢車菊が咲いているのか、呆然《ぼうぜん》とする千景の目に、奥で鎮座している大きな岩が映った。

白に金砂が散りばめられたような色を見て、はっと息を飲む。

「……私、ここへ来たことがある」

あの不思議な色をした岩を、自分は確かに見ている。以前来た時は花が咲いていなかったため、すぐには気づかなかったのだ。

引き寄せられるように花畑へ歩み入り、改めて周囲を見渡す。

特徴的な地形や岩の形は、記憶の中にあるものと相違ない。ただひとつ異なるのは、岩にもたれるようにして伏していたあの生き物がいないことだ。

千景は思わず空を仰ぎ見た。そうでもしないと、あふれ出る感情で溺れてしまいそうだった。

どうして、こんなにも胸がいっぱいなのだろう。

どうして、こんなにも逢《あ》いたいのだろう。

まるでそうすることを知っていたかのように、めいっぱいの声で、その名を呼ぶ。

一瞬の静寂のあと、朱鷺色の空が明滅しはじめた。つむじ風が巻き起こり、矢車菊の花びらが高く、高く舞いあがる。

蒼《あお》の花雨が降りそそぐなか、千景は白銀に輝く龍が降りたつのを見つめていた。

玻璃《はり》のような鱗《うろこ》は、陽の光で時に蒼をのぞかせる。こちらに向けられたコーンフラワーブルーの瞳に、頬が震えた。

「初めて会った時は、金でしたよね」

傷だらけで地に伏す姿を見ても、怖いとは思わなかった。千景を見ていた金の瞳が、とても綺麗《きれい》で、なぜか寂しそうだったから。

持ってきたお守りから、欠片《かけら》を取り出す。あの時、地面に落ちていたこれがあんまり綺麗で、ポケットにそっとしのばせたのだ。

「貴方の鱗だったとは、思いもしませんでした」

まとう龍鱗があまりに大きくて、幼かった彼女は、欠片がその一部だと気づきもしなかった。

ゆっくりと歩み寄る千景を、龍は静かに見つめていた。冷たく美しいその瞳へ、問いかける。

「どうして来てくれたんですか」

『千景が呼んでくれたのですから。当たり前です』

低く、澄んだ響き。懐かしいその声は、心に鮮やかな波紋を描く。

「……やっぱり貴方は、呆《あき》れるくらい頑固ですね」

そう口にしたとたん、なぜだか涙がこぼれた。

あの日のことを、自分は忘れていたのに。もう二度と、会うことはなかったかもしれないのに。

このひとは、覚えていてくれたのだ。少女が気まぐれに口にした約束を、ずっと信じ続けて。

胸に抱いた矢車菊の花束を差し出すと、龍の体を光が包み、人形《ひとがた》になった秋水が現れた。

花と同じ蒼の双眸《そうぼう》は、彼女を愛おしげに見つめている。

「思い出してくれたのですね」

「時間がかかってしまいましたけど」

花束を受け取った秋水は、人差し指で千景の目尻をぬぐいながら微笑《ほほえ》んだ。

あの日、花を食べた龍は彼女に言った。

〝お礼になにか、望むものはありますか。〟

〝もうけがしないってやくそくして。〟

〝えっ……少しならいいですか？〟

〝……ちょっとだけだよ〟

〝他にはありませんか？　あなたに何かしてあげたいのです。〟

〝うーん。じゃあわたしがよんだら、とんできてね。いちばんはやく！〟

「私、誰かを信じるのがずっと怖かった。壊れるくらいなら、手放してしまう方がいいと思ってました」

自分には必要ないと言いながら、本当は誰より家族に憧れていたのに。

失うのが怖くて、信じる勇気が持てなくて、そんな自分が嫌でずっと見ないようにして生きてきた。

「でも貴方《あなた》はずっと、約束を守ってくれていたんですよね」

もう二度と、命を脅かすことがないように。自身の能力を最大限まで駆使し、愚直に、狡猾《こうかつ》に、明晰《めいせき》に、この地と人を守り続けてきたのだ。

〝やくそくをまもってくれたら、またおはなをあげるね。〟

「あの日の約束を、私はまだ果たせていません」

秋水が胸に抱いた矢車菊を見て、千景はかぶりを振った。

そんなものでは、足りない。彼が信じ続けてくれた時間には、到底敵《かな》わない。

見上げた蒼の双眸へ、心からの言葉を告げる。

「私は秋水さんのために咲かせた命花を、贈りたいんです」


「千景……」

「それに私はまだ、月世でやり残したことがあります。やってみたいこともあります。だからこれからも、あの庵《いおり》にいさせてくれませんか」

秋水は驚いたようにしばらく黙っていたが、やがて苦笑をにじませた。

「先を越されてしまいましたね。本当に千景には敵わない」

こちらの迷いや恐れなど、軽やかに飛び越えてしまう祝福の少女。

「私も貴女《あなた》に、伝えていなかったことがあります。代わりを見つけると言いましたが、あれは嘘《うそ》です。命花の巫女《みこ》を得ることは私の使命ではありますが、誰でもよいわけではなく、貴女でなければだめなのです」

代わりなどいない。自分にとって千景は唯一無二なのだと、彼は言い切った。

「千景。もし貴女が私の傍《そば》にいてくれるのであれば、どんなことがあっても手放すつもりはありません」

　彼女の手を取った秋水は、真剣なまなざしで告げる。

「貴女の花は、私が必ず咲かせてみせます。この先も、私と共に歩んでくれませんか」

　蒼の双眸を見つめていた千景が口を開こうとしたとき、秋水の袖から丸いものが転がり落ちた。淡い黄色をしたそれを、彼女は拾い上げ。

「……河内晩柑《かわちばんかん》？」

「ああ……深樹にもらったのです。そのような名前なのですね」

「はい。私これ、好きなんです」

　爽やかな香りをかぎながら、庵の庭に植えた木のことを思い出す。

「そういえば庵の河内晩柑も、そろそろ実がなっているんじゃないでしょうか」

「ええ。駒がそのようなことを言っていましたね」

　聞けば彼女はいつか千景が戻ってくる日のために、庭の手入れを続けてくれているそうだ。草花の間でぱたぱたと動き回る彼女を想像して、胸がいっぱいになってしまう。

「河内晩柑って、ちょっと変わったみかんなんですよ」

そう言って千景は、でこぼこした皮を指先で撫でた。

「普通のみかんは初夏に花が咲いて、その年の秋には収穫期を迎えるんですが。河内晩柑は翌年の春までずっと実をつけたまま、冬を越すんです」

長期間実をつけたままにしておくため、表皮は雨風の影響で傷だらけになってしまうことも多い。それでも長い時間をかけることで、他のみかんには無い味わいや、収穫時期の違いで変わる味の違いが楽しめるのだ。

「私たちも、そうなのかもしれませんね」

そう呟《つぶや》いた千景を、秋水は何も言わず見つめている。両の手で河内晩柑を包み込みながら、彼女は気恥ずかしげに告げた。

「私は秋水さんの傍で、時間をかけながら、関係を築いていきたいです」

傷つくこともあるかもしれない。もどかしさに涙することもあるかもしれない。

それでも心の底から信じたいと思った彼と共に、人生を歩いてみたいと思ったから。

「まずは命花を咲かせて、結婚のことはそのあとに考えてもいいですか」

「ええ。もちろんです」

秋水は微笑みながら頷《うなず》いた。ふいに伸ばされた彼の手が、頬に触れる。

「ねえ千景。笑ってくれませんか？」

「えっ……」

「駒から聞いてますよ。貴女の笑った顔は、とても素敵なのだと。私にも見せてくださ い」

じっと見つめられ、顔が熱くなる。頬に触れた彼の手のひらは、ほんの少しひんやりとして心地よく、それがまた彼女の鼓動を速くしていく。

「で……では、私を笑わせてください」

「それは……困りましたね……」

眉を下げた秋水は、苦悩の表情を浮かべ始めた。

「私はどうもそういった感性が鈍いようで……貴女を満足させられるかどうか……」

ぶつぶつと考え込む姿がやたら真剣で、千景は思わず笑ってしまう。

「そこまで真面目に考えるようなことじゃないですから」

深樹が言っていた通り、確かに自分たちは似ているのかもしれない。

そんなことを考えていると、突然強く抱きしめられた。跳ね上がった鼓動のせいで、息が止まりそうになる。

「ちょっ……秋水さん」

「……貴女がいけないんですよ、そんなにも可愛《かわい》い顔で笑うから」

「そ、それは秋水さんが笑えというから……」

耳元でささやく声の甘さに、力が抜けそうになる。

なんとか見上げた先で、コーンフラワーブルーの瞳が潤んでいた。

「ありがとうございます。私を選んでくれて」

「……まだ花嫁になると、決まったわけじゃないですよ」

そう言いながらも、千景の心に温かい光とやわらかな決意が満ちてゆくのがわかった。


──私はこれからも、自分の足で歩いていく。


でもそれは一人でなくてもいいのだと、この世界が気づかせてくれた。

自分の中で芽吹いた感情がどういうものなのかは、まだわからない。わからないからこそ、知ってみたい。

彼と一緒に、歩んでいく先で。

「さあ、月白殿へ帰りましょう。みなが待っていますから」

「はい」

手を取り合った二人の周りで、矢車菊がいっせいにさざめいた気がした。

咲きほこる蒼《あお》の鮮やかさに、千景は目を細める。
その手首に咲いた紋がまたひとつ色づいたことを、彼女はまだ知らない。

あとがき

こんにちは、久生夕貴《ひさおゆうき》と申します。この度は「花咲く神さまの花嫁」を手に取ってくださり、ありがとうございました。

富士見L文庫様で二作目となる今作ですが、執筆するにあたり、私の中でいくつか目標を設定していました。

ひとつ目は、王道と呼ばれる物語を、丁寧に書くこと。

今作はいわゆる「異類婚姻譚《いるいこんいんたん》」のジャンルにあたるものですが、実は恋愛をメインにした長編小説を書くのは、今回が初めてでした。

私は放っておくとすぐ脇道に逸《そ》れたり、あれこれ詰め込んだりしてしまうもので（それが良い方向にいくこともあるのですが）、初挑戦であるならばあまり凝ったことはせず、シンプルな物語を丁寧に綴《つづ》ろう。

なるべく多くの方に、響くものを書こう。

そんな想《おも》いを胸に、筆を進めました。

ふたつ目は、前作「拝啓、桜守の君へ。」と何かしら繋《つな》がりを持たせること。

ここについては私の個人的なこだわりではありますが、作品ごとに世界観の一部をシェアする感覚が、好きだからです。

何をもって繋がりとしたか……は、前作をお読みくださった方はお分かりになると思いますが、未読だとしても今作を読むのになんら支障はありませんのでご安心ください（もちろん、興味を持っていただけたら大変嬉《うれ》しいです）。

みっつ目以降は………色々あったはずなのですが、どういうわけか思い出せません。書き上げた直後に、記憶が飛んだようです。

今作の制作期間は色々ありました。自分自身が定期的に体調を崩すのはいつも通りなのですが、家族が入院するということが、二度もありました。

家庭を回すだけでぎりぎりのときもあり、思い返せば結構大変だったはずなのですが、不思議と執筆に苦労した記憶はなく。

私にとって物語を綴る時間というのは、日々のあれやこれやから解放される最も尊い時間なのだと、改めて気づかされたものです。とにかく今作も、書くのが楽しくて仕方なかったのですから。

そんなこんなで書き上げた今作ですが、冒頭の舞台となった「大三島《おおみしま》」、そして「大山《おおやま》祇《づみ》神社」は、愛媛にお越しの際はぜひ訪れていただきたい場所です。

しまなみ海道《かいどう》の美しさ、大山祇神社の境内にそびえる大楠《おおくす》たちの荘厳さ、奉納された国宝武具の素晴らしさ（刀剣好きの方にはぜひお勧めしたい）、瀬戸内《せとうち》の島々で味わえる柑《かん》橘《きつ》や海産物の美味《おい》しさ……。

今作の物語は月世《つくよ》という異世界がメインではありますが、こういったものから着想を得なければ生まれなかったものです。

それから、一点補足を。

作中伊予《いよ》弁を話すキャラクターが出てきていますが、地元の方が読むと「ちょっと変」と感じる箇所があるかもしれません。

ここにつきましては、方言すべてをそのまま文字に起こすと小説として少々読みづらいため、あえて調整を入れてあります。

ほやけん、温かい目で見てくれたらと思いよるよ！

最後に、今回も最後まで伴走してくださった担当編集者さま、色々とお手間をかけたと思いますが、その都度的確なアドバイスをいただき、無事書き上げることができました。

装画を担当してくださった夢子《ゆめこ》さま、細部まで美しいイラストをありがとうございました。千景も秋水も、本当に素敵な姿で感激しております。

いつも私の作品作りをバックアップしてくれる家族、関係各位の皆さま。

そしてなにより今、この本を手に取ってくださっている読者の皆さま。

多くの方々に支えられて、こうしてまた本を出すことができました。本当にありがとうございました。

願わくば、この物語があなたの心のどこかに響きますよう。

またお会いできる日を、心より楽しみにしております。

お便りはこちらまで

〒一〇二―八一七七
富士見L文庫編集部　気付
久生夕貴（様）宛
夢子（様）宛

富士見L文庫

花《はな》咲《さ》く神《かみ》さまの花嫁《はなよめ》

久生《ひさお》夕貴《ゆうき》

2023年11月15日　初版発行

発行者　山下直久
発　行　株式会社 KADOKAWA
〒102-8177　東京都千代田区富士見2-13-3
電話　0570-002-301（ナビダイヤル）

印刷所　株式会社暁印刷
製本所　本間製本株式会社
装丁者　西村弘美

定価はカバーに表示してあります。　◇◇◇

●お問い合わせ
https://www.kadokawa.co.jp/（「お問い合わせ」へお進みください）
※内容によっては、お答えできない場合があります。
※サポートは日本国内のみとさせていただきます。
※Japanese text only

ISBN 978-4-04-075221-1 C0193